VITALI CIPILEAGA

de vorbă cu **emma**

Ediția a III-a

bestseller

Editor: Ion Bargan
Redactor: Rodica Roșca
Foto copertă: Alex Iordache
Design copertă: Ina Moroșanu
Tehnoredactare: Ina Moroșanu

Descriere CIP a Camerei Naționale a Cărții
Cipileaga, Vitali.
De vorbă cu Emma / Vitali Cipileaga ; design cop.: Ina Moroşanu.
Ed. a 3-a. – Chişinău : Editura Bestseller, 2017
(Combinatul Poligrafic). – 216 p.

ISBN 978-9975-3154-2-5
821.135.1(478)-4
C 54

Pentru Diana, emma vieții mele

APROPIEREA

— Ești a mea.
— A ta!

Ai încercat vreodată să nu asculți de nimeni, să faci așa cum simți tu că este potrivit pentru tine și pentru omul de alături? Ai încercat vreodată să lași deoparte telefonul sau tableta, să mergi la magazinul de flori și să cumperi trei trandafiri albi? Așa, pur și simplu, pentru că sunt florile ei preferate. Pentru că o iubești. Să o săruți apoi cu dragoste. Oare ea îți va spune că o săruți bine sau rău? Sau pur și simplu va ține minte atingerea, pentru că o săruți tu. Ai încercat să nu-ți pese de lucruri în plus, false și nepotrivite, dar să ții cont de ce-și dorește celălalt? Să fiți doi oameni ai aceluiași întreg, numit relație.

Dacă da, prea bine, mai fă-o o dată. Dacă nu, ce te oprește? Indiferența ta? Obișnuința ei? Vezi bine, s-ar putea ca în scurt timp să nu ai decât motive de despărțire. Problema ta, a ei și a altor mii de oameni e că așteaptă să se întâmple inevitabilul. De ce să aștepți să meargă lucrurile prost, ca să faci ceva? De ce să aștepți să găsești motive pentru a-i oferi o floare? De ce să aștepți să vină prima la tine să te sărute dacă o poți face tu? Lasă naibii pe-o clipă telefonul, fă un gest, două, mai multe. Fii alături. Ca să ai fericirea despre care tot citești prin cărți și privești în filme, trebuie să și acționezi. Să demonstrezi. Să nu dezamăgești. Vrei fericire? Oferă fericire. Vrei dragoste? Iubește. Vrei afecțiune? Fii grijuliu, fii omul ei, bărbatul ei bun. Să fie oare atât de complicat?

Nu căuta motive. Creează-le. Nu juca o fericire falsă. Începe să-l faci fericit pe omul drag. Trăiește din plin, iar dacă nu poți, recunoaște și pleacă. Dacă îți reușește, transformă fiecare zi într-un motiv de împlinire. Adaugă la cafea două prăjituri cu dulceață. La un sărut, încă trei. La o îmbrățișare, o floare. Pentru că totul e în mâinile tale. Pentru că doar fraierii pot ceda atunci când sunt atât de aproape de inima persoanei iubite. Și pentru că familiștii adevărați sau cei care țin la relație au parte de-o femeie împlinită și de-o casă plină cu căldură. Atunci și fericirea va fi sinceră și iubirea va fi reciprocă. Iar de lucruri banale ca motivele, vremea de afară etc. să-i pese altcuiva. Tu iubește și trăiește. Cu adevărat.

Am văzut mame fericite, cu zâmbetul pe buze. Am văzut mame îngrijorate pentru copiii lor. Am văzut mame care rupeau din pâinea lor ca să dea celui mic. Dar am văzut și mame cu țigara în gură, care-și aruncau frustrările de om neîmplinit asupra copiilor. Am văzut mame cu bilet de avion procurat, gata să plece departe pentru un viitor mai bun. Am văzut mame bătându-și copilul pentru o notă scăzută la școală. Am văzut mame indiferente, în timp ce băiatul sau fata lor se droga. *Și totuși, erau mame...*

Femeie care cândva a decis să nască un copil, fie că l-a așteptat sau nu. Din instinctul de mamă și din dragoste față de prunc, a avut grijă de el, l-a crescut cum știa mai bine. Dacă nu ea, atunci alții. A fost sau nu a fost prezentă atunci când a recitat prima poezie, i-a spus sau nu i-a spus înainte de culcare noapte bună, i-a fost alături sau se afla departe la prima sa victorie. *Și totuși, e mamă.*

Mamă care a făcut sacrificii, care poate a plâns noaptea la geam și a dat ultimii bani, doar să ajungă copilul ei cineva, undeva. Mamă care în loc să își ia un parfum mai scump a plătit orele de dans pentru fiica ei. Mamă care a prețuit fiecare clipă alături de copil, pentru că știa că va veni ziua când acesta va pleca departe fără să știe dacă se va mai întoarce. Mamă care poate a interzis, a certat. *Și totuși, e mamă.*

Certăm mamele care și-au părăsit copiii de mici, dar nu certăm copiii care uită de mame când se fac mari. Copiii sunt copii și mamele sunt mame. Iar dacă mamele greșesc e pentru că așa stă în firea lor, să mai și greșească. Sau poate fiecare greșeală își găsește scuza în grija oarbă pentru copii. Copiii greșesc și ei, prea tineri și prea cruzi fiind. Tot aceiași copii își iubesc mamele, deși înțeleg acest lucru abia atunci când și ei devin părinți. Uneori își mai ceartă și mamele, în glumă sau cu ciuda unui alintat. Mamele însă nu trebuie certate. Mamele trebuie să fie iubite și acoperite cu recunoștința unor clipe ce trec dincolo de zilele unei copilării fericite.

Să ne iubim mamele. Sună straniu poate, neobișnuit să îndemni să îți iubești mama, dar astăzi dragostea față de cea mai scumpă ființă e altfel, e limitată, e trăită doar la comandă sau în termeni reduși de timp. Și pentru că nici timpul, nici limitele și niciun fel de comandă nu îți poate interzice să îți iubești mama, fă-o cu pioșenie și recunoștință!

Mamele

trebuie să fie iubite
și acoperite cu
recunoștința
unor clipe ce trec
dincolo de zilele
unei copilării
fericite.

Tu să mă iubești, omul meu.
Să-mi dai motive să te iubesc și eu, deși un motiv deja îl am: tu exiști undeva. Să mă iubești așa cum știi tu, puternic și cu rafinament. Senin. Să mă iubești înainte să mă dezamăgească dragostea ta. Să mă iubești fericit, să mă strângi în brațe, să nu mă lași. Să-mi spui că iubirea există și ea e mai frumoasă dacă o trăiesc lângă tine. Firesc și în fiecare zi. Să mă iubești necondiționat, fără teama unei ultime clipe, fără nimic în plus. Să mă iubești.

Tu să mă dorești, omul meu.
Să mă înnebunești cu un sărut, să știu că sunt a ta. Să mă cucerești de fiecare dată, chiar dacă vei ști că nu plec de lângă tine. Să mă faci să uit de toate rănile din trecut. Să îmi descoperi dorințele, să mi le împlinești, ca o plăcere a ta. Să mă dorești, să mă atingi, să mă placi. Să uităm în doi de lume și de prejudecăți. Să mă dorești așa cum sunt, cu machiaj sau fără, cu haine sau fără, rebelă sau cuminte. Să mă dorești.

Tu să mă susții, omul meu.
Să mă susții nu doar când ți-o voi cere. Să fii mereu aici, lângă mine. Să-mi asculți întrebările și să nu fugi de teamă.

Să mă susții, știindu-mi trecutul. Să mă susții, gândindu-te la viitor. Să dai dovadă de bărbăție, de încrederea de care am atât de multă nevoie. Să mă faci să cred și să știu că tu poți fi jumătatea mea pe viață, tatăl copiilor mei, prieten bun. Să mă susții când nu mă vei înțelege. Când voi fi tristă. Să mă susții.

Tu să mă surprinzi, omul meu.
Să-mi scrii scrisori de dragoste, pe foaie. Să mă ții de mână într-o zi ploioasă. Să fii cald și bun. Să mă surprinzi cu o cafea dimineața și un sărut în amurg. Să mă surprinzi prin simplul fapt că vei fi alături când voi avea nevoie. Să mă provoci să fiu mai bună. Să-mi motivezi visurile și să mă încurajezi mereu. Să mă cucerești cu felul tău de a fi. Să te cuceresc cu felul meu de a-ți răspunde. Să mă surprinzi.

Și atunci, îți voi oferi de o mie de ori mai mult.

Toți aleargă după relații perfecte, fără a ști cel puțin cum să înceapă una. Să iubească mult? Să se dedice total? Să facă sacrificii? Să lupte? Păi bine, nu există relații perfecte. Întotdeauna va fi ceva de aranjat ori cineva pe care să-l iubești mai mult. Greșeala pe care o fac toți e că se leagă de acest „mai mult" și transformă relația în reproș și nemulțumire. Iar unde este reproș, este și insuficiență de dragoste. Și unde nu e dragoste, nu e relație. Doi oameni care au decis într-o zi să trăiască împreună, care sunt de acord să doarmă în același pat și să mănânce același mic dejun ar trebui s-o înceapă mai simplu, mult mai simplu. Lucrurile bune le construiești în timp. Oamenii perfecți se modelează în timp.

Timpul îți demonstrează dacă vrei tu să te culci în fiecare noapte lângă același om și dacă vrei să te trezești în fiecare dimineață alături de el și în tot acest timp să te implici, să construiești, să ajuți, să cedezi uneori. Și aceasta să fie reciproc. Așa vă demonstrați unul altuia, indirect, că nu este un simplu flirt, nu e o aventură și nicidecum o dorință de a profita pentru câteva zile de un om. Așa ajungi să iubești omul de alături pentru că îți face cafeaua dimineața, pentru că îți spune noapte bună și nu o face din obligație, pentru că atunci când ai avut nevoie nu a dispărut, ci a stat alături și te-a ajutat. Pentru că tu faci aceleași lucruri. Pentru că așa simți. Pentru că și tu iubești.

Ajungi în momentul în care, curpinzându-l pe la spate sau culcându-te la pieptul lui, înțelegi că fără omul acesta nu ai putea să fii tu. Că el îți completează lumea și cu el te simți în largul tău. Nu îți ia din libertate, dar nici nu te lasă să te gândești măcar că ai putea fi cu alții, prin felul său de a fi. Nu îți reproșează multe, ci îți explică. Nu te place așa, pur și simplu, ci te iubește cu adevărat. Trăiești alături de el, cu vesela și hainele spălate, cu obiceiurile și mofturile personale. Și atunci apar gândurile că anume cu omul acesta ai putea trăi o viață, cu el ai putea avea o familie și copii pe care să-i creșteți. Că alături de el ai vrea să îmbătrânești. În tot acest timp, cei care își vor planifica fiecare secundă trăită împreună și vor comenta fiecare clipă petrecută vor rămâne blocați în nedumerire: cel de alături este sau nu este omul meu?

Tu deja vei ști cine este omul tău și acel om de asemenea va ști. Veți fi fericiți în felul vostru. Vă veți vorbi ca doi buni prieteni, ajutându-vă, nefiindu-vă teamă să dați sfaturi ori să fiți uneori critici. Vă veți juca ca doi copii și nu veți uita că fiecare dintre voi în suflet încă este un copil. Bărbații se comportă uneori ca niște copii și femeile la fel. E ceva ce nu poți schimba. Veți trăi frumos viața ca doi soți, care se cunosc de ceva vreme și tot de atâta timp aduc mereu prospețime în relația lor. Care se respectă, dar nu au uitat nici de nebunia unei iubiri adolescentine, cu nopți de dragoste nedormite. Vă veți înțelege și mirați veți fi uneori cum de ghiciți ce vrea să facă celălalt sau să spună. Și nu va fi deprindere, ci înțelegere. Și vă veți iubi. Cum? Nu știu. Pentru că fiecare iubește în felul său. Trebuie doar să știți că felul vostru va fi cel mai special, cel mai bun și cel mai îndrăzneț. Iubiți-vă, iubiți-vă frumos și fără a vă face singuri probleme. Doar așa cel puțin veți încerca să aveți o relație perfectă. Deși dacă faceți astea, ea perfectă va fi demult.

Era o dimineață cu miros de cafea. Leneveam în pat, când el s-a întors spre mine și m-a sărutat. Apoi mi-a zâmbit sincer, cum o face și acum. M-a privit insistent, de parcă ar fi vrut să spună: „Toată așteptarea a meritat". Câțiva ani în urmă, diminețile erau cu miros de singurătate. Mă ridicam din pat în același mod mecanic și mă culcam înapoi la fel de rece și tristă. Apoi a apărut el și timpul le-a pus pe toate la locul lor. Știa că dacă eu sunt fericită, el nu poate fi nefericit. Știam și eu să mă fac iubită. Așa am ajuns aici. Sunt fericită că îl am, sunt fericită că am înțeles la timp că el e bărbatul vieții mele. Pentru că am cel mai special om de pe pământ. Pentru că iubesc. El e la bucătărie acum, își bea cafeaua și, cu siguranță, gândește la fel.

Cine a zis că vrea o viață liniștită, în care să găsească de la început omul lui pereche, să facă împreună o casă, doi copii frumoși și să trăiască fericiți până la adânci bătrâneți, probabil a zis bine. Numai că viața poate fi adevărată nebunie, că liniștea vine după ani și ani de zbucium, de căutare, de momente și oameni care îți vor fi cea mai bună experiență. Uneori vei crede că ai totul, uneori vei pierde tot, te vei întreba de ce și vei căuta să dai un răspuns în același moment. Doar că răspunsul va veni mai târziu, când vei înțelege că nimic nu contează mai mult decât să ai alături un om lângă care să te simți împlinit. Să știi că ești de acolo, că nimic nu se mai poate schimba și că tot ce trebuie să faci e să trăiești fericirea, ca răsplată pentru trecut. Atunci vei înțelege că cele mai frumoase amintiri sunt cele care vor veni și că de azi înainte ai cu cine să împarți și pentru cine să îți faci griji cu adevărat. Atunci nu-ți vei mai întreba sufletul dacă anume ea, dacă aici sau dacă acum. Vei ști deja asta. Atunci va fi dimineață.

Va fi o dimineață când mă voi trezi și primul lucru pe care îl voi face va fi să mă întorc pe partea dreaptă. Voi zâmbi, pentru că o voi vedea. Acolo, lângă mine, frumoasă, cu cămașa mea îmbrăcată pe corpul ei, cu mirosul de căpșuni și cu părul rebel întins liniștit pe umăr. Voi ști că toată așteptarea a meritat. Ca și tot trecutul, toți oamenii și toate momentele pe care le-am avut: toate au meritat momentul de acum. Împlinirea de acum. Liniștea. Voi ști că nu au rost cuvintele. Nici amintirile păstrate în gând. Voi ști că dacă ea e bine, alături, atunci și eu sunt bine. Dacă ea e fericită, eu nu pot fi nefericit. Până atunci vom fi trecut amândoi prin viață. Vom fi cunoscut alți oameni, vom fi trăit alte povești, vom fi avut bucuriile și suferințele noastre. Și poate asta ne-a făcut să fim aici, acum. Ea dormind și eu iubind somnul ei.

Va fi o dimineață când voi lăsa totul la o parte, tot trecutul, toate femeile pe care le-am avut și toate amintirile despre ele. O dimineață în care voi şti că cele mai frumoase dimineți vor fi cele în care eu o voi simți alături. Și voi şti fără nicio urmă de îndoială că ea gândeşte la fel. Va fi o dimineață în care, cu toate grijile, certurile, micile neînțelegeri de peste zi, eu voi fi liniştit. Pentru că voi avea lângă mine cel mai frumos om de pe pământ. Pentru că voi iubi.

Adevărat e: până nu trăiești, nu crezi. Și până nu crezi, nu are rost să vorbești. El nu a trăit niciodată o iubire adevărată. Și nu a crezut în puterea unui sărut. Până să o cunoască, spunea că nu există dragoste care să te facă să vrei altceva decât vrei tu. Corect a zis, până să o cunoască. De atunci, fericirea ei a devenit mai importantă și a ajuns să nu-i pară rău. I-a cumpărat flori. Apoi i-a deschis ușa la mașină, i-a răspuns la întrebări, a ascultat mai mult. De fiecare dată, ea zâmbea mulțumită și asta îl făcea să se implice, să ofere.

Într-o zi, a întrebat-o direct: „Cum naiba m-am îndrăgostit de tine? De ce să-mi dai peste cap viața normală de până acum? De ce să las de la mine, să îți fac cafeaua așa cum o vrei tu și să îți cumpăr flori. De ce să fiu altfel?" Ea zâmbi, frumoasă, și îl sărută alintat abia mișcându-și buzele: „Pentru că mă iubești".

A fost un timp când libertatea îmi făcea cu mâna pe după ușă, gata să mă arunce în brațele primei femei întâlnite. A fost un timp când mă sculam dintr-un pat doar ca să mă arunc în altul. A fost un timp când îmi cumpăram mâncare doar pentru mine și îmi pregăteam cafeaua amară fără să țin cont de alte gusturi. A fost un timp când nu eram îndrăgostit.

Și nu mi-am dat seama de la început. O vedeam zâmbind pe la colț de stradă, o vedeam lunecând desculț pe cărarea udată de ploaie, o vedeam cuprinzându-și genunchii, atunci când citea cu atenție vreo pagină de roman. Până când am înțeles că atunci când nu o vedeam doream să o văd. Am început să gândesc diferit și nu doar la sex sau la nopți pierdute. Dar la ea. Și, fără să vreau, mi-o imaginam dezbrăcată, cu sânii dezgoliți și rotunzi, cu zâmbetul ei molipsitor, cu ea toată în brațele mele. Mă simțeam ciudat atunci când mintea îmi era ocupată cu tot felul de prostii și nu cu ea. Apoi, tot mai mult și mai mult, devenisem dependent de un singur gând: „Ce-ar fi dacă i-aș spune?" Și i-am spus.

Țin minte ziua când pentru prima dată m-am oprit la magazinul cu flori de lângă Catedrală. Când, sub privirea uimită a florăresei, am cerut să-mi dea un trandafir. Roșu, ca buzele ei. Când i l-am oferit. Știam că o să-i placă, dar nu știam că ceea în ce mă bag nu se mai numește aventură. Și nici crizele unor zile mai amoroase. Totul purta un alt nume, de care îmi era frică poate și cu care nu doream să am de-a face: dragoste. Eu, băiatul rău de la periferie, să gândesc astfel. Să mă las dus de val, să uit de principiile și legile unui bărbat care între două acte sexuale se gândea la al treilea. Acum stăteam cu trandafirul în mână în fața ei și zâmbeam. Eu. Zâmbeam. Aș fi uitat de lume dacă nu mi-ar fi răspuns. Dar a făcut-o. Ea nu era ca toate celelalte femei pe care le-am cunoscut, gata să ajungă mai repede în pat. Ea îmi ceru să ne plimbăm împreună, ea dori să o iau de mână, ea închise ochii la primul sărut. Ea insistă să o conduc acasă, și atât. Dar tot ea mă convinse că toate astea nu au fost în zadar. Nu știu, mă simțeam fericit. Mă simțeam mai puternic. A fost prima noapte cînd am stat treaz, fără să am o femeie alături.

Ce a urmat, nu a fost aventură. Am fost uimit când m-am lăsat să citesc alături de ea romane de dragoste. Ha! Să citesc romane de dragoste? Dar eram nebun să îi aud glasul. Să gătim împreună? Dar știam că ea gătește cel mai bine și că nici eu nu mă descurc rău deja. Să o țin pur și simplu de mână? Dar numai mâna ei mă făcea să fiu liniștit. Lângă ea am început să mă gândesc mai limpede la cuvântul care mai înainte îmi provoca usturimi: viitor. Până la urmă, am înțeles că nu m-am schimbat în zadar. Am găsit fericirea alături de o femeie. Sunt mai serios, mai decis, mai bărbat. Sunt cu ea și asta e tot ce contează.

A FOST UN TIMP CÂND LIBERTATEA ÎMI FĂCEA
CU MÂNA PE DUPĂ UȘĂ, GATA SĂ MĂ ARUNCE
ÎN BRAȚELE **PRIMEI FEMEI ÎNTÂLNITE.**
A FOST UN TIMP CÂND MĂ SCULAM DINTR-UN
PAT DOAR CA SĂ MĂ ARUNC ÎN ALTUL.
A FOST UN TIMP CÂND ÎMI CUMPĂRAM
MÂNCARE DOAR PENTRU MINE ȘI
ÎMI PREGĂTEAM **CAFEAUA CU GUST AMAR**
FĂRĂ SĂ ȚIN CONT DE ALTE GUSTURI.
A FOST UN TIMP CÂND **NU ERAM ÎNDRĂGOSTIT.**
APOI AM ÎNCEPUT SĂ O IUBESC.

Dimineață. O dimineață cu miros de ea. Te gândești ce să faci mai întâi: o cafea amară sau să-i dai un sărut? Să mai fii câteva minute lângă corpul ei, să-i miroși pielea catifelată, să o guști în toată goliciunea. Iei repede o decizie. Dai plapuma la o parte și vezi cum îți zâmbesc doi ochi atât de dragi. De parcă i-ai cunoaște o viață. Îi spui „bună dimineața, iubito!" și-o întrebi dacă vrea ca visele dulci de peste noapte să devină realitate. Ea intuiește ce va urma și își încolăcește brațele după gâtul tău. Corpul ei cald e și mai fierbinte. Ea închide ochii și abia de îți șoptește la ureche: „nu te grăbi!". Draperiile sunt trase, lumina e stinsă. Începi să te joci cu corpul ei, să-l atingi într-o nebunie a mișcărilor, a șoaptelor. Ea se lasă moale. Ea se mișcă senzual. Ea e a ta.

Tu o cucerești. O seduci. O lași să stea culcată pe-o margine de pat și reiei mai intens din momentul în care te-ai oprit. Trăiești dragostea, o simți și asta se vede pe fața ei. Pe mâinile ce îți zgârie spatele într-un ritm nebunesc. O inviți cu fiecare atingere să zboare undeva departe, tot mai sus. Și parcă dimineața e o seară cu miros de prospețime. Tu vei fi cel mai bun. Ea va fi perfectă. Tu vei cuceri. Ea va seduce. E deja ora 11?

am nevoie de tine

pentru?

totdeauna

Într-o zi, cineva îți va spune despre dragoste și tu vei înțelege că e despre voi. Vei sta ghemuită la pieptul lui și în clipa aceea de căldură și liniște vei uita tot ce a fost până la el. Suferințele, oamenii nepotriviți și lecțiile de viață: le vei uita pe toate, pentru că vei dori atât de mult să trăiești prezentul. Să păstrezi fiecare minut din îmbrățișarea care îți va aduce împăcare. Într-o zi, cineva îți va spune cât de mult te iubește și tu vei ști că e reciproc.

Într-o zi, cineva te va căuta. Va dori atât de mult să faci parte din viața lui, nu ca un om de ocazie și nu ca o femeie de-o noapte. Va dori să te ajute să treci peste trecut fără a lăsa urme sau răni în prezent. Îți va fi aproape în momente de neliniște și va spera să petreacă încă o clipă alături de tine. Iar clipa să ajungă an. Și anul o veșnicie. Într-o zi, el îți va spune simplu că te-a așteptat o viață și că nu are de gând să te piardă vreodată. Apoi îți va săruta mâinile și îți va propune să construiți împreună lumea voastră. Apoi îți va pune un inel pe inelarul stâng. Apoi veți construi o casă. Și lumea voastră se va schimba. Într-o zi, tu vei ști că există această lume.

Într-o zi, poate chiar azi, cineva te va lua de mână și din acel moment vei uita de griji. Cu siguranță, vor apărea probleme, vor fi și certuri, ca în orice relație, dar vei ști că ai alături un bărbat înțelegător și iubitor. Unul care niciodată nu va pune orgoliul personal mai presus de fericirea voastră. Într-o zi, vei aduna toate amintirile cu el și vei descoperi că au fost cele mai frumoase. Că inima ta, odată rănită, bate din nou în ritmul fericirii. Că tot ce îți dorești este să-l știi aproape. Să-l iubești. Să-l îmbrățișezi. Atât de mult ai vrea să-l îmbrățișezi.

ÎNTR-O ZI, CINEVA ÎȚI VA SPUNE DESPRE DRAGOSTE ȘI TU VEI ÎNȚELEGE CĂ E DESPRE VOI. SUFERINȚELE, OAMENII NEPOTRIVIȚI ȘI LECȚIILE DE VIAȚĂ: LE VEI UITA PE TOATE, PENTRU CĂ VEI DORI ATÂT DE MULT SĂ TRĂIEȘTI PREZENTUL.

Am înțeles că toată viața mea se leagă de tine. Când fericirea ta e și fericirea mea, când până și gândul la altele e insuportabil, când sunt undeva departe și vreau să ajung mai repede acasă să te îmbrățișez și când aș da orice să te văd bine... atunci mă schimb, atunci înțeleg că pentru femeia de alături aș face totul, că pentru tine aș vrea să trăiesc. Pe tine vreau să te cuceresc din nou și din nou, pentru totdeauna. Pe tine vreau să te simt aproape, fie că suntem pe malul mării, fie că bem o cafea în restaurantul nostru preferat.

Sunt momente când pur și simplu vrei atenție și un bărbat care să te îmbrățișeze... și de câte ori fac asta, chiar și în somn, înțeleg că îți sunt drag, că mă vezi parte din viața ta. Înțeleg că vor fi dimineți cu soare și dimineți cu ploaie, dar toate diminețile mă vor găsi alături de tine. Înțeleg că fără tine nu aș fi eu, cel de acum. Înțeleg că fără mine nu ai fi tu, cea dintotdeauna. Înțeleg că fără noi nu ar fi nimic. Și înțeleg că, din marea mea dragoste aș transforma, aș crea, aș face orice pentru tine. Că tu ești femeia pentru care vreau să trăiesc.

O femeie poate iubi până la imposibil și la fel de mult caută să fie iubită. Ascultată. Înțeleasă. O femeie uneori nu știe ce vrea, dar știe că vrea ceva. O femeie uneori caută să construiască poduri peste neînțelegeri și tot ea le distruge. O femeie poate fi capricioasă, poate fi slabă, poate deveni caldă într-un pat rece sau rece în brațe calde. O femeie se poate contrazice. Și se poate învinovăți de toate greșelile făcute de el. El însă nu e bărbatul de ocazie. El știe ce vrea femeia lui. Dacă nu știe, întreabă. Dacă întreabă, ajută. Și susține.

Ea nu așteaptă de la tine supărări de ocazie. Ea nu te vrea slab. Poate uneori indecis, poate cu probleme, dar nu slab. Slabă și mică este ea în brațele tale. Ea caută să-ți ofere șansa de a controla lucrurile, deși atât de bine poate fi independentă și rebelă. Dar pentru asta ești bărbat. Dincolo de echilibru, ascultare și implicare de ambele părți mai este și definiția de bărbat și de femeie. Imaginează-ți un bărbat care s-ar plânge că nu are sau nu știe în ce să se îmbrace și și-ar face mereu griji de cum arată. Sau o femeie care te va controla, ghida, apăra și ține de mână. Oricât de luptătoare pentru independență ar fi femeile și oricât de tare ar opta pentru echilibru, în practica unei relații sănătoase ambii vor ști că el are grijă și ea susține. El oferă soluții și ea ajută. Ea întreabă și el răspunde.

Când e furioasă, tu să fii alături. Să-i amintești atunci cât de dulce este. Când vezi că plânge, îmbrățișeaz-o să știe că pentru tine contează și de ce, nu doar cum. Când întreabă, nu-i pune pe umeri toată vina pentru o relație defectă. Când tace, încearcă să nu stai posac alături. Când suferă, să nu cauți motive pe-afară. În funcție de ce simți și ce trăiești pentru ea, lucrurile vor lua un curs frumos sau incredibil de prost. Momentul cu atitudinea e ca un bumerang. Totul se întoarce după cum iubești, îți pasă și asculți. Este relevant și pentru femei, dar parcă bărbații știu mai bine de ce și cum.

NIMIC NU
CONTEAZĂ MAI
MULT DECÂT
FELUL UNUI
BĂRBAT DE A
RĂSPUNDE
FELULUI DE A FI
AL UNEI **FEMEI.**

Viața îți aparține. Orice ar spune unii, oricât ar încerca să te convingă că totul e altfel decât crezi tu, viața îți aparține. Și, odată cu ea, îți aparțin lecțiile, victoriile, nebuniile și suferințele ei. Viața are toate motivele să te facă să lupți sau să te lași înfrânt. Asta și face diferența dintre cei care își trăiesc viața și cei care o trăiesc pe a altora. Dacă cineva îți va spune cum să acționezi sau ce să decizi, pune-l în spam și mergi mai departe. Pentru că nu există altceva mai bun decât propria părere, propriile gânduri, propriile eșecuri, propria dragoste, propria viață. Punct.

Viața trebuie trăită, nu conjugată la timpul trecut. Ceea ce faci merită tot efortul și riscul. Fie că o faci bine, fie că nu. Atunci va fi fie o realizare, fie un eșcc. Dacă este eșec, va fi o lecție. Așa că până la urmă toate lucrurile se așază la locul lor. În viață nu trebuie să ai limite. Nici să lași pe mai încolo. Nici să te întrebi ce o să spună lumea. Și nu trebuie să te lauzi sau să te plângi de fiecare dată celor de alături. Trebuie să trăiești astfel încât să-ți fie rușine să le povestești aventurile vieții. Dar în același timp numai câțiva oameni să știe cât de frumos a fost.

Să nu regreți nimic. E ca și cum ai regreta că te-ai născut. Să trăiești dincolo de monotonia lumii și dincolo de superstițiile ei bolnăvicioase. Nu te teme să lași în urmă. Ce e al tău, va fi, va aștepta și va veni. Nu te teme să lupți. Ce e al tău, trebuie meritat. Nu-ți fie frică de dușmani și nici nu te teme să-i lași în urmă. Asta demonstrează că trăiești viața după placul tău. Dacă e timpul să pleci, pleacă. Dacă e timpul să te întorci, întoarce-te. Nu căuta să facă lucrul altcineva în locul tău. O va face, dar pentru el. Nu te gândi când va fi ultima zi, doar trăiește fiecare zi ca și cum ar fi ultima. La maxim, din plin. Bucură-te de fiecare mărunțiș și nu aștepta ca lucrurile mari să vină peste noapte. Dacă vei fi fericit, înseamnă că ai meritat asta. Dacă vei suferi, la fel. Așa că tu alegi, să fii fericit sau să suferi. Doar tu. Trăiește dragostea cu tot sufletul și toate vibrațiile corpului tău. Simte. Oferă. Iubește. Așa, vei trăi împlinit, vei trăi fericit și nu vei fi niciodată singur.

Viața îți aparține, cu toate lecțiile, victoriile, nebuniile și suferințele ei. Nu există altceva *mai bun* decât propria părere, propriile gânduri, propriile eșecuri, propria *dragoste*, propria viață.

Te trezești într-o zi îmbrățișând un om drag și înțelegi că acolo e locul tău. Într-un moment potrivit, la radio începe o frumoasă melodie de Coldplay. O mână se joacă în părul tău. Un zâmbet pornește firesc din colțul gurii tale. Ce altă fericire să vrei? Se întâmplă ca viața să te oprească lângă un om pe care să-l iubești. Atunci nu mai cauți intrigi ieftine sau bărbați de ocazie. Atunci vrei ca el pur și simplu să îți spună: „Eu te înțeleg". Iar când auzi asta nu mai găsești neajunsuri, nu vii cu reproșuri. Atunci nu mai încerci să schimbi, ci completezi un suflet, o dragoste, o veșnicie. Și în tot acest timp el e alături, el se joacă cu mâna în părul tău. El caută răspunsuri la alegerea ta.

Ah, da! Trebuie să iubești până la capăt și cu toate puterile tale. Trebuie să iubești din suflet și să nu ții cont de nimic. Aceasta e starea ideală și pură a dragostei. Spre ea trebuie să tinzi. Doar trăind fericirea înțelegi că nu are rost să schimbi pe cineva. Poți să completezi partea lui de suflet, așa cum el o completează pe a ta. Poți să aduci liniște în nebunia lui, cum el aduce cuvinte în tăcerea ta. Poți să asculți, să susții, să te lași cucerită în fiecare zi. Dar în tot acest timp să fii gata pentru o dragoste reciprocă, să te trezești într-o zi îmbrățișând un om drag și să înțelegi că acolo e locul tău.

Am cunoscut bărbați puternici, dar slabi de inimă. Și bărbați slabi, dar cu un caracter puternic. Am cunoscut bărbați care și-au vândut sufletul pentru o femeie. Am cunoscut bărbați care au iubit fără limite. Și bărbați care au pus preț pe dragoste. Bărbați care au adus lumină în viața unei femei. Și bărbați care s-au schimbat dintr-un simplu moft al ei. Am cunoscut femei care au iubit suficient de mult încât să facă fericit un bărbat. Și femei care au schimbat omul lor doar ca să-și adauge un plus la fericire. Atunci cine e bărbatul și cum iubește femeia?

O femeie care iubește va căuta să vadă în bărbatul ei un tot întreg și nu doar bucăți frumoase. Îl va iubi cu bune și cu rele, cu grija și deprinderile lui, cu siguranța și principiile de viață. Îi va iubi hotărârea și neîndemânarea. Îl va iubi când e vesel și morocănos deopotrivă. Îl va iubi când va repara ceva în curte sau când nu-i va ieși cu gătitul. Pentru că va ști că a încercat. Îl va iubi ca amant și ca prieten. Pe omul cu cămașă, în blugi și în tricou sau fără de haine, alături de ea. Omul în ciorapi și omul care stă două ore în baie. Cel care iese după țigări la unu noaptea și revine cu un kilogram de căpșuni. Îl va iubi când e supărat și când o sărută pe frunte. Când are momentele lui de singurătate și când o vrea aproape. Va iubi omul ei și atât.

Femeia care te iubește nu te va schimba. Ea te va completa. Da, îți va aduce aminte în fiecare dimineață să te îmbraci bine, să nu uiți să iei pâine când te întorci acasă sau să mai lași din privitul meciurilor de fotbal, dar tot spre binele tău și al vostru. În rest, ea îți va fi alături, ca prietenă și iubită. Va pune întrebări când te va vedea îngândurat, te va susține când vei lua decizii și se va bucura alături de tine când vei reuși. Dar nu te va schimba. Nu îți va schimba caracterul, personalitatea, trăsăturile și gândurile. Pentru că de omul din tine s-a îndrăgostit și de felul tău de a fi. Te va completa în schimb cu firea ei mai frumoasă, mai caldă, mai sensibilă. Îți va opri sufletul rebel cu două săruturi date dimineața. Îți va cunoaște neajunsurile și le va completa cum poate mai bine. Nu va trăi dragostea ca pe un moft, găsind potrivit să îți ceară prea mult, să îți reproșeze și într-un final să te transforme. Îi va fi plăcut să te știe puternic, hotărât, al ei, dar nu schimbat dintr-un capriciu. Pentru că te va respecta. Pentru că va avea încredere în tine. Pentru că te va iubi. Iar tu dacă o iubești vei fi cel mai bun.

TE TREZEȘTI
ÎNTR-O ZI
ÎMBRĂȚIȘÂND UN
OM DRAG ȘI
ÎNȚELEGI CĂ
ACOLO E LOCUL
TĂU. **O MÂNĂ** SE
JOACĂ ÎN PĂRUL
TĂU. **UN ZÂMBET**
PORNEȘTE FIRESC
DIN COLȚUL
GURII TALE. CE
ALTĂ **FERICIRE**
SĂ VREI? AȘA SE
ÎNTÂMPLĂ, **VIAȚA**
TE OPREȘTE
LÂNGĂ UN OM
PE CARE SĂ-L
IUBEȘTI.

CUNOAȘTEREA

Bărbaţii sunt creatori, dar creatori ai unei lumi ştiute de mult în sufletul lor. De fiecare dată când întâlnesc o femeie pe potriva a ceea ce se ascunde în suflet, ei vor încerca să construiască. Să unească punctele unei povești parcă auzite în trecut și gata să devină realitate. Să cuprindă în universul unei femei dorinţele și pasiunile pe care nu le-ar dezvălui nimănui. Bărbaţii caută o femeie care să îi facă să se simtă puternici, încrezători, stăpâni și ocrotitori, pentru că doar așa vor fi ei înșiși și nu niște măști masculine. Bărbaţilor le este frică să iubească total până nu întâlnesc omul care i-ar completa, care ar reflecta cealaltă jumătate de cerc nebunesc, ca să dea apoi formula unui infinit. Ei vor dori mereu să se regăsească în cuvintele și îmbrăţişările unei femei, pentru că doar atunci vor şti că sunt acasă.

Ceea ce ai lângă tine te reprezintă. Ceea ce iubești e copia inimii tale și ceea ce simţi pentru un om e parte din sufletul tău. Iubești mult, primești pe măsură. Iubești sincer și fără regrete, ești primit în viaţa cuiva. Bărbaţii au iubit și vor iubi regăsindu-se și găsind în femeie cea mai frumoasă parte din ei. Femeile care reușesc să citească sufletul își vor găsi loc în inima unui bărbat pentru totdeauna. Celelalte vor mai rătăci un timp pe același drum pe același drum deși vor fi plecate de mult. Femeile care citesc sufletul unui bărbat sunt cele mai adevărate.

O femeie este pe măsura bărbatului de lângă ea. El o va privi ca pe o doamnă pentru că el însuși e la fel de domn. Dacă el o va considera femeie de ocazie, mai mult decât un fustangiu și-un suflet gol nu poate fi. Bărbații iubesc femeile care își cunosc adevărata valoare, pentru că astfel ei și-o recunosc pe a lor. Iubesc femeile care nu se lasă cucerite cu trei flori date la o intersecție, pentru că, la rândul lor, își cunosc demnitatea. Femei care știu ce vor și unde merg, pentru că un bărbat de mult și-a croit drumul său și vrea alături cea mai sinceră și corectă femeie. Atunci ei sunt gata sa devină scut și prieten pentru ea. Să ofere totul și chiar mai mult decât atât. Un bărbat va ști că relația cu femeia de alături nu este un sentiment de unică folosință, pentru că îi știe valoarea. Și niciun gând cu jumătăți de măsură, pentru că va ști femeia ca pe o reflecţie a lui. O iubești – o iubești pentru totdeauna. O vrei alături – atunci o vrei mereu. Numai așa, un bărbat nu-și va pierde sufletul și verticalitatea niciodată.

Un bărbat va alege mereu. Va alege femeia propriei nebunii. Dintre toate femeile o va alege pe cea mai zâmbitoare. Dintre cele zâmbitoare – pe cea mai înţeleaptă. Dintre cele înţelepte – pe cea mai simplă. Și răbdătoare. Dar și nebună. Pentru că de fiecare dată când o va privi adânc în ochi, un bărbat își va citi veselia, înțelepciunea, gingășia și răbdarea din el. Și nebunia, reflecţia propriei nebunii.

Bărbaților le este frică
să iubească total până nu întâlnesc
omul care i-ar *completa*,
care ar reflecta cealaltă jumătate
de cerc *nebunesc*, ca să dea
apoi formula unui *infinit*.

Când viața devine o monotonie continuă, o transformăm în nebunie. Iar nebunia merge mână în mână cu dragostea. Atunci când emoția provoacă bătăi tot mai dese de inimă, căutăm cu cine să împărțim fericirea și singurătatea. Și cafeaua băută la șapte dimineața. Și-o piesă de Joe Cocker. Și-un pat. Căutăm motive să ne încredințăm sufletul în mâinile cuiva. Și inima în brațele cuiva. Căutăm să potrivim nebunia noastră cu nebunia altuia, fricile noastre cu fricile omului drag, tăcerile lui cu momentele noastre de tăcere. Căutăm să combinăm jumătăți de nebunie, jumătăți de dragoste, jumătăți de singurătate.

Toți suntem nebuni. Nebuni atunci când iubim și nebuni în lipsa dragostei. N-am fi avut niciodată nevoie de Freud să ne spună asta, e suficient să ne privim în oglindă și-n ochii celuilalt. În momentele noastre de extaz și deznădejde. În viață noi am trăit mereu momente de dragoste sau de suferință. Și de căutare. Nebuni suntem în căutarea și construirea fericirii noastre. La un moment dat înțelegem că nebunia unei vieți trăite singur e sinucidere curată și doar alături de cineva putem fi mai buni și mai fericiți. Nimeni nu a anulat dragostea neîmpărtășită, dar poate că acesta este secretul fericirii: să cauți dragoste până la reciprocitate.

Toți suntem nebuni. Și doar alături de cineva putem fi nebuni de fericire. Nebuni din dragoste. Nebuni de dorul ei. Nebuni de dorința de a face totul corect. Doar celor cărora le lipsește o doză de nebunie le va lipsi și dorința de a risca, de a face imposibilul. Iar fără riscuri și dovezi dragostea dispare, cât de frumoasă nu ar fi ea. Asta o știi tu și o știe și omul de alături. Omul de lângă e reflecția dorințelor noastre, deci și a nebuniei noastre.

Privești în ochi când spui „te iubesc”. Privești în ochi când spui „te urăsc”. Când vrei să trăiești un moment fericit alături de cineva drag sau atunci când cauți răspunsuri. Când taci. Când vorbești. Când iubești. De fiecare dată găsești refugiu într-o privire. Închizi ochii doar atunci când adevărul devine o minciună, iar dragostea o trăire ascunsă. Oamenii urăsc și iubesc cu aceeași putere și de fiecare dată se vede. Se vede în emoții, în cuvinte, în ochi.

Când iubești nu cauți motive. Să spui că iubești însă este privilegiul celor împliniți. Unii pot iubi o viață și păstrează în ei emoția unui gând fericit. Atunci ți-e teamă să privești omul drag în ochi, de parcă ai ști că o singură privire ți-ar putea trăda toate secretele. Unii transformă dragostea într-o taină, dar nu pentru că ei ar vrea. Așa e însăși viața, cu secrete. Pentru că ochii unui om îndrăgostit nu pot să mintă. Și nici ochii unui mincinos. Repede îți dai seama câtă dragoste sau câtă ură se ascunde într-o margine de iris. Uneori minți că trebuie, deși nu e bine. Uneori ascunzi o poveste de dragoste. Atunci lași ochii în jos și te simți umil. Și-ai vrea să fie totul altfel.

Oamenii sunt predispuși să fie individualiști, să fie orgolioși, să tindă spre binele lor și să caute fericirea personală. Toți oamenii vor să fie iubiți total, să găsească omul pereche pentru care ar face orice și care la rândul lui ar fi trup și suflet alături. Între aceste două laturi fiecare încearcă să trăiască cum poate mai bine. Uneori îi reușește. Uneori găsește destul de repede omul alături de care se simte împlinit. Uneori trăiește o viață în singurătate, fie că are pe cineva sau nu. Dacă are, e și mai trist. Uneori refuză să împartă cu alții din fericirea lui și atunci va uita ce înseamnă să fii împlinit. Pentru că oamenii, oricât de individualiști nu ar fi, se simt împliniți alături de alți oameni, și nu alături de oricine.

Viața este o goană după fericire, pe când dragostea este trăirea fericirii. Dacă găsești pe cineva care te va iubi o viață, te poți considera un om fericit. Poți înțelege timpul nu prin zile, ci prin momente trăite împreună, prin surprize, prin gesturi, prin dimineți cu soare și nopți de poveste. Dacă ai pe cineva care te iubește necondiționat, fii cât mai mult alături de acel om. Pentru că el îți va da răspunsul la ceea ce înseamnă împlinire. Dacă ai pe cineva care să te scoată din singurătate, care să te provoace să trăiești liber, nestingherit, să simți acele clipe, atunci fii alături de acel om. Dacă ai pe cineva care îți citește gândurile, care te completează și alături de care te simți pur și simplu de acolo, fii lângă acel om.

OAMENII ÎN MARE PARTE SUNT NEFERICIȚI. FIE CĂ AU SUFERIT, FIE CĂ NU AU GĂSIT CEEA CE CĂUTAU, FIE CĂ TRĂIESC ALĂTURI DE OAMENI NEPOTRIVIȚI, FIE CĂ EI SUNT NEPOTRIVIȚI, FIE CĂ AU PIERDUT. DACĂ ALĂTURI DE CINEVA TE SIMȚI UN OM ÎMPLINIT ȘI FERICIT, CE ALTCEVA SĂ-ȚI MAI DOREȘTI DE LA VIAȚĂ?

Oamenii pe care i-am iubit odată mai mult decât pe noi înșine și care erau viața noastră au devenit trecut. Femeile cărora le promiteam iubire veșnică au rămas doar o amintire. Bărbații pe care unele femei îi numeau creatori și îngeri deopotrivă au plecat departe. Să fie îngeri pentru altcineva. Lucrurile pe care le consideram cele mai de preț, cele trăite alături de cineva, au uitat să devină fapte și momente plăcute din viață. Au devenit amintiri. Atingerile odată simțite, nopțile odată fierbinți, gândurile odată rebele, toate au dispărut.

Și poate că unii oameni de asta sunt în viața noastră. Să-și spună lecția și să plece. Și poate că pe alții de asta îi considerăm importanți. Că au venit la timpul potrivit și au lăsat prea mult din ei lângă noi. Însă dragostea, ura, plăcerile și neînțelegerile nu se unesc în amintiri frumoase sau în regrete. Se unesc în noi. În felul nostru de a fi alături de cineva. Sau fără nimeni. Cu toată dragostea acelui cineva. Sau fără dragoste. Cu miile de emoții ce se nasc știindu-l aproape. Sau fără nimic. Relații, prietenii, momente unice, chiar și acel sex de o noapte, toate își păstrează intensitatea. Nu și conținutul. Adesea te întrebi dacă a avut rost. Dacă a fost acel om important sau nu.

Dacă te-ai simțit bine alături de el sau nu. Dacă te-a schimbat ca om sau nu.

Dacă nu știi ce să simți față de un om, închide ochii și imaginează-ți că el nu este. Nu este în viața ta, în lumea ta, în inima ta. Nu sunt momentele în care râdeți împreună zgomotos. Sau momentele de liniște. Sau nopțile fierbinți trăite împreună. Nu sunt plimbările de-o seară. Sau certurile de-o oră. Sau nebuniile făcute în doi. Nu sunt enervările la culme sau clipele de tăcere. Nu sunt călătoriile în doi. Nu sunt cuvintele dulci sau amare. Îmbrățișările calde sau indiferente. Ochii atât de cunoscuți sau atât de reci. Nu este el, omul fără de care nu ai putea să trăiești nicio secundă sau cel lângă care timpul e o veșnicie. Tristă sau fericită. Nu este susținerea lui, grija lui, încrederea lui sau nepăsarea. Nu este el. Pur și simplu nu este. Imaginează-ți asta!

POATE CĂ **UNII OAMENI** DE ASTA SUNT ÎN
VIAȚA NOASTRĂ.
SĂ-ȘI SPUNĂ LECȚIA ȘI SĂ PLECE.
ȘI POATE CĂ PE ALȚII DE ASTA ÎI
CONSIDERĂM **IMPORTANȚI.** CĂ AU VENIT
LA **TIMPUL POTRIVIT** ȘI AU LĂSAT
PREA MULT DIN EI **LÂNGĂ NOI.**

Sunt oameni care vin în viața noastră să ne ofere motive să trăim. Sunt oameni care ne fac să suferim mult. Sunt oameni răi pentru unii și care înseamnă totul pentru noi. Și fiecare om rămâne ca o rană, ca o nemulțumire sau pur și simplu ca o amintire plăcută. Ei ne provoacă, ne fac să ne schimbăm, să trăim mai intens, să cedăm, să luptăm. Și după ei nimic nu mai e la fel.

Dar sunt și oameni care vin în viața ta și te fac să uiți tot ce a fost înainte de ei. Ei nu îți vor cere nimic, nu te vor provoca să te schimbi, nu te vor face să suferi. Ei pur și simplu vor fi. Ei îți vor aduce liniște și asta va face diferența. Vei uita cum e să trăiești o fericire temporară, cum e să te zbați ca peștele pe uscat, cum e să iubești pentru doi. Vei fi fericită și nu din obligație, ci pentru că vei simți asta. Vei înțelege cum e să ții cu adevărat la cineva fără să trăiești cu trecutul. Vei învăța să iubești din nou, să-ți fie dor, să vrei să păstrezi omul de alături pentru toată viața. Vei ști cum e să fii împlinită.

El va veni simplu. El e genul de bărbat care nu se lasă neobservat, dar căruia nu-i pasă de atenția lumii. El va veni sincer, nu-ți va promite nimic, dar îți va oferi totul. Va știi că împreună luptăm, împreună construim și împreună suntem fericiți. Nu îi va păsa cine a fost înaintea lui, dar îi va păsa de trecutul tău. Va ști că amintirile tot sunt o parte din tine. Așa că te va înțelege, te va susține și va reuși astfel, pas cu pas, să te cucerească. La început va fi o aventură, apoi un om de suflet, apoi fără el nu îți vei mai putea imagina viața. Și toată emoția asta nu va fi un truc. Nicio tresărire de moment. Așa el va lua locul trecutului. Așa va veni o zi în care pur și simplu vei uita. Fără eforturi, fără să mergi la psiholog sau să te consoleze prietena cea mai bună. Vei uita pentru că vei trăi cu prezentul, cu el.

Sunt *oameni* răi pentru unii
și care înseamnă *totul* pentru noi.
Și fiecare om rămâne ca o rană,
ca o nemulțumire sau pur și simplu
ca o *amintire* plăcută.
Ei ne provoacă,
ne fac să ne schimbăm,
să trăim mai intens,
să cedăm, să luptăm.
Și după ei *nimic*
nu mai e la fel.

Când vei întâlni omul tău, vei avea deja suficiente lecții de viață și nu o dată vei fi plâns nefericită. Vei ști ce să aștepți de la un bărbat, cum vei ști și ce așteaptă el de la tine. Îți vei trăi libertatea, dar vei fi gata să primești cu căldură un suflet pereche dincolo de prag. Dincolo de toate barierele pe care le-ai creat, după atâtea relații eșuate. Când vei întâlni omul tău, vei ști să spui mulțumesc bărbaților din trecut, pentru tot ce te-au învățat: fie să iubești mai mult, fie să înțelegi mai mult, fie să lași. Vei mulțumi și cu asta vei înțelege că mai mult decât o lecție de viață nu te leagă nimic de ei. Că nu ai iubit niciodată cu adevărat.

Când vei întâlni omul tău, vei înțelege că tot efortul de până acum nu și-a avut rostul. N-ai luptat pentru cine trebuia. N-ai trăit atât de intens. N-ai privit în aceeași direcție. N-ai fost acolo unde voiai să fii. Experiențele din trecut nu au fost decât banale trăiri efemere. Nu a fost să fie. Nu ai vrut să fii. Când vei întâlni omul tău, îți vei găsi răspunsurile atârnând ușor de umerii lui. Lângă îmbrățișarea lui care te va face să uiți totul. În gesturile lui, care te vor surprinde plăcut. În gândurile lui, care se vor potrivi cu gândurile tale. El va fi un răspuns. Poate cel mai frumos de până acum și cu siguranță cel mai frumos de acum înainte.

Când vei întâlni omul tău, vei ști din prima de ce ai făcut efort până acum, dar nu a ieșit nimic. De ce ai iubit, dar nu ai fost fericită. De ce ai oferit, dar nu te-ai simțit împlinită. De ce ai alergat după unii bărbați, fără să îi vezi lângă sufletul tău. Vei înțelege de ce alții te-au ascultat, dar nu te-au înțeles. Când vei întâlni omul tău, vei găsi liniștea și nebunia ta. Vei fi diferită, pentru că și el va fi diferit. Vei iubi sincer, pentru că el o va face la fel. Și vei avea atât de multe motive să spui că nu mai ești singură. Că nu vei mai plânge. Că de data asta totul e altfel. Pentru că ești omul lui, pentru că e omul tău.

CÂND VEI
ÎNTÂLNI
OMUL TĂU,
VEI ÎNȚELEGE DE
CE ALȚII TE-AU
ASCULTAT, DAR
NU TE-AU
ÎNȚELES. VEI GĂSI
LINIȘTEA ȘI
NEBUNIA TA.
ȘI VEI AVEA
ATÂT DE MULTE
MOTIVE SĂ SPUI
CĂ NU MAI EȘTI
SINGURĂ.

Oamenilor le este frică să iubească total. Oamenii se tem să se regăsească în alţi oameni, trăind bucata de suflet din celălalt şi fiind gata s-o împartă pe a lor. Gândesc că o casă, un cămin, un sărut oferit dimineaţa şi împlinirea a trei dorinţe sunt de ajuns. Doar atunci când dai la o parte lucrurile mărunte, grijile de zi cu zi şi descoperi alături un om golit de gânduri şi de lume, simţi că vrei să iubeşti!

Ceea ce simte un bărbat nu simte o femeie şi viceversa. Dacă dragostea e un sentiment care trebuie să completeze şi să aducă valoare unui om, atunci atât bărbaţii, cât şi femeile ştiu despre asta când pot avea grijă de omul lor. Când fericirea celuilalt este mai presus de stările proprii de bine şi când, până la urmă, înţelegi că poate asta şi este fericirea ta. Orgoliul, nepăsarea şi tăcerea merg mână în mână cu acelaşi final: cedezi! De câte ori ne regăsim în alţi oameni, de atâtea ori încercăm să vedem ce ne-ar putea despărţi. Căutăm greşeli, tragedii aruncate peste gard, exemple triste din trecut, reproşuri. Astfel putem fi siguri că niciodată la bătrâneţe nu vom ţine de mână omul drag. Dacă ceva nu merge, nu înseamnă că nu va merge mereu. Dacă sunt lucruri mai proaste într-un moment, nu înseamnă că momentele se vor repeta iar şi iar. Oamenii sunt nebuni după dovezi, după fapte de eroism și cedări în numele iubirii. Pe când pentru o dragoste adevărată lupți curat, fără greșeli, fără minciună, fără reproș. Dragostea ți-ar spune că nu-i corect să găsești omul pentru care să nu iubești, dar să suferi. Găsești un om al tău, o dragoste imposibilă și faci orice să o păstrezi, căci știi că ai la fel de multe motive să vrei să o păstrezi. Un moment de regăsire face cât o mie de ani de căutare.

Voi, femeile, ce știți despre Ea, despre femeia jumătate, Femeia Zeiță, Femeia Creatoare din viața unui bărbat? Atât de multe motive are un bărbat să-i citească sufletul, să-i vrea inima și să-i sărute corpul. Ea este femeia lângă care te-ai trezi în fiecare dimineață și pe care ai acoperi-o cu plapuma la miezul nopții. Ea este omul cu care ai împărți bucuriile și căruia i-ai împărtăși grijile. Ea este doamna pe care ai vrea să o vezi întotdeauna la brațul tău și micuța de care să ai grijă oricând. Ea este frumoasa cu care ai înconjura lumea toată și lângă care te-ai liniști apoi în căsuța voastră. Ea este femeia de succes cu care te mândrești atât de mult. Ea este parte din tine. Pentru că ea este iubita ta, muza și sufletul tău. Voi, femeile, găsiți-vă omul drag lângă care să fiți Femeie Zeiță, Femeie Creatoare! Găsiți o dragoste imposibilă și luptați pentru ea, pentru că el, știindu-vă astfel, a și ales de mult să lupte. Nu poți avea totul fără să oferi nimic. Nu poți găsi totul în dragoste dacă nu înțelegi că până și dragostea are nevoie de timp, impune limite și încercări.

Trăiți dragostea mai simplu, iubiți mai simplu și nu vă fie teamă să luptați pentru ceea ce este al vostru. Doar dacă trup și suflet, conștient sau nu, știți că este al vostru!

OAMENII SE TEM SĂ SE REGĂSEASCĂ ÎN ALŢI OAMENI, TRĂIND PARTEA DE SUFLET DIN **CELĂLALT** ŞI AVÂND **TEAMĂ** S-O ÎMPARTĂ PE A LOR. DOAR ATUNCI CÂND **DAI LA O PARTE LUCRURILE MĂRUNTE**, GRIJILE DE FIECARE ZI ȘI **DESCOPERI** ALĂTURI UN OM GOLIT DE GÂNDURI ŞI DE LUME, SIMȚI CĂ **VREI SĂ IUBEŞTI!**

Fiecare om intră în viața noastră deloc întâmplător. Fiecare poveste, fiecare sărut și îmbrățișare își au rostul lor, scopul lor și lecția pentru o zi sau pentru o viață întreagă. Ceea ce trăim azi ne poate defini dragostea, ceea ce iubim azi ne poate schimba pentru totdeauna. Oamenii există nu doar pentru ca să își trăiască viața lor, dar ca să fie parte și din viața altora, să joace acel rol predestinat. Până la urmă, suntem totalitatea de oameni pe care i-am întâlnit, discuțiile aprinse sau de suflet pe care le-am avut cu ei, poveștile pe care le-am ascultat și amintirile care ne-au rămas.

Sunt oameni care te vor face să vrei să îți amintești de trecut, să cerșești amintiri, locuri și cuvinte. Sunt oameni din cauza cărora nu vei dori să vezi unele locuri niciodată. Sau oameni care te vor lăsa gol pe dinăuntru. Sunt oameni după care nu vei mai fi la fel. Și oameni care te vor completa. Oameni triști, dar care îți vor umple sufletul și oameni veseli, dar numai în lumea lor. Sunt oameni care îți vor oferi răspunsuri fără să le ceri. Pe ei să îi ții cel mai aproape. Sunt oameni care vor cere de la tine răspunsuri în plus. De ei să te ferești cel mai mult. Sunt oameni ca o binecuvântare și oameni ca un blestem. Să îi accepți și pe unii și pe alții, pentru că și unii și alții te vor învăța câte ceva.

Sunt oameni care te vor păstra ca pe cea mai de preț amintire. Și oameni care te vor uita. Oameni care te vor lăsa la prima ocazie și oameni care îți vor fi credincioși când nu vei avea nimic. Oameni jumătăți și oameni nulități. Caută să vezi ce rămâne după fiecare dintre ei. Sunt oameni dragi, scumpi, aproape și doar un singur om căruia i-ai putea spune: omul tău. În toată viața ta însă, oamenii vor avea două tendințe diferite. Unii îți vor fi alături, sfătuitori, creatori ai vieții tale, puternici și luptători ca tine. Alții vor fi la fel de aproape, doar că vor fi goi pe dinăuntru și goi prin ceea ce vor lăsa, gata să stoarcă din tine ce le place. Ca să-i atragi pe primii, trebuie să fii ca ei. Noi atragem ceea ce suntem.

Sunt oameni care te vor face să vrei
să îți amintești de *trecut*, să cerșești
amintiri, locuri și cuvinte.
Sunt oameni din cauza cărora nu vei dori
să revezi unele locuri *niciodată*.
Și *oameni* care te vor completa.
Oameni triști, dar care îți vor umple
sufletul de *lumină*.
Sunt oameni ca o binecuvântare
și oameni ca un blestem.

Sunt fericit pentru oamenii care nu întreabă de ce iubesc. Care țin la omul de lângă, își fac griji că dorm altfel decât noaptea trecută și nu găsesc nimic ieșit din comun să îi spună despre o problemă.
Sunt fericit pentru un el și o ea care au lăsat deoparte principiile de bărbat și mofturile de femeie și au hotărât să construiască ceva împreună, cu toate că știau că va fi greu și pe alocuri chiar imposibil. Sunt fericit pentru poveștile simple, spuse cu admirație în ochi, dar care au în spate aceleași greutăți și nebunii ca și în povestea voastră. Sunt fericit că mai sunt oameni fericiți, supărați uneori unul pe celălalt, certați între două pauze, cu idei diferite și cu deprinderi și mai diferite... Fericit că știu că tot acei oameni se cunosc cel mai bine unul pe celălalt, își citesc sufletele și s-ar ajuta cu orice ocazie. Ar trăi împreună dragostea și nicidecum nu ar face-o să existe tăcută.

Dragoste fără un pic de nebunie și de suferință nu există. Dragoste fără doi oameni care ar fi gata să rupă de la ei și să se completeze în fiecare secundă nu există. Există viața adevărată, reală și crudă uneori, în care el este bărbat și ea femeie, el construiește și ea susține. Viața în care oricât de supărați ar fi unul pe celălalt în timpul zilei, seara îi găsește împreună îmbrățișați. Viața în care, oricât de greu ar fi, au de fiecare dată motive să continue. Ea știe că el îi va spune că totul va fi bine, iar el înțelege că fără ea ar fi un nimeni. Toate celelalte sunt doar mărunțișuri spulberate de vânt.

Când vedeți cupluri fericite pe stradă, nu le invidiați. Fiecare dintre ele are în spate o poveste și, cu siguranță fiecare poveste nu e doar cu feți-frumoși și lumânări aprinse. Dulcegăriile în dragoste sunt bune. Încercările la fel. Lucrurile bune și cele mai puțin bune de asemenea. Contează ce faceți atunci când vă certați pentru a păstra relația și ce se întâmplă după aceea pentru a motiva alegerea. Fiecare gest făcut în numele dragostei contează, ca și fiecare decizie. Să lupți pentru omul tău nu este o împlinire a unui moft și nici timp pierdut. Dacă ai ajuns în clipa când ai zis că de aici înainte nu se mai poate, să știi că anume de acum înainte se poate totul. Așa că nu invidiați și nu strigați. Despre dragoste nu se strigă.

DRAGOSTEA NU EXISTĂ
FĂRĂ DOI OAMENI CARE AR FI GATA
SĂ RUPĂ DE LA EI ȘI SĂ SE COMPLETEZE
ÎN FIECARE SECUNDĂ.

Te întrebi de ce omul de lângă tine e nesuferit și afli apoi că a suferit din dragoste. Te întrebi de ce fostul tău iubit e rece și indiferent, și înțelegi că tu l-ai lăsat cu ceva timp în urmă, fără să-ți pese. Te întrebi de ce sunt atât de mulți oameni singuri pe lume și îți dai seama că fiecare dintre ei pur și simplu și-ar dori pe cineva cu care să împartă singurătatea. Și-ar dori să fie iubiți. Nu există un om pe lume care să vrea să urască, să fie indiferent sau să fie singur. În schimb există atât de mulți oameni nefericiți. Mii de singuratici care au fost părăsiți, trădați, înșelați, uitați. Și te întrebi de ce sunt răi sau izolați. Și încerci să le descoperi lumea. Și înțelegi că odată ai fost și tu la fel. Sau mai ești.

Îl înțelegem pe celălalt doar atunci când trăim o poveste asemănătoare cu a lui. În rest, doar încercăm să băgăm pe gât poveștile noastre unor oameni care habar nu au ce înseamnă fericire sau dragoste. Sau au știut, dar au fost lăsați pe o margine de drum. Fiecare vorbește despre fiecare cu atâta siguranță, că-ți pare că-i știe mai bine viața și trecutul și visurile. Pe când totul nu e decât o minciună și-un teatru de prost gust. Vă pare că cel de alături e un om rău? Să știți că nu există oameni răi. Vă pare că fostul e un dobitoc? Cu siguranță nu e așa. Poate omul de alături e nefericit și fostul se simte singur, după ce l-ați părăsit. Atribuim atât de repede calificative unor oameni pe care abia de-i cunoaștem. Dacă el a plecat, nu înseamnă că a vrut. Dacă ea a plâns, nu înseamnă că a vrut. Ar fi bine să te întrebi, poate suferă, poate îi este dor, poate e singur. Nu, nu te întorci înapoi. Doar te întrebi: merită să numești laș sau ușuratică pe cineva?

Nu există oameni răi pe lume. Nu și-ar dori nimeni să sufere. Nu ar îndrăzni nimeni să trăiască o viață, fără a fi trezit dimineața de omul drag, fără a face o cafea iubitului sau iubitei și fără a ști că cineva se gândește la ei. Reziști o zi, o lună, un an, dar nu o viață. Dacă treci dincolo de limite, te schimbi. Devii ceea ce alții numesc rău sau nesuferit, sau om închis. Pe când tu ești doar nefericit. Un nefericit într-o mare de nefericiți. Și fiecare înoată cum poate. Fiecare e criticat, ponegrit, decăzut din dreptul de a putea iubi. Nu există oameni singuri pe lume. Fiecare, până la urmă, are pe cineva la care se gândește. Numai că nu fiecare știe că altcineva se gândește la el. Și îl iubește. Mai mult decât tăcerea, mai mult decât singurătatea. Așa că înainte să numiți pe cineva într-un fel anume, să părăsiți pe cineva, să criticați pe cineva, puneți-vă două întrebări. Oare omul ăsta nu suferă sau nu se simte singur? Oare nu am fost și eu odată la fel?

Îl *înțelegem* pe

celălalt doar

atunci când trăim

o *poveste*

asemănătoare

cu a lui.

Nu poți să cumperi dragoste. Nici să o vinzi oamenilor pe care i-ai vrea alături. Uneori dorești, alteori ești dorit și mereu cauți reciprocitate. Oamenii însă vin și se duc, emoțiile rămân și într-o zi te trezești că simți ceva peste puterile tale pentru un om care nu-ți mai este alături. Atunci fiecare fotografie are un sens aparte. Ca și fiecare amintire. El nu știe, tu simți prea mult și lucrurile se opresc în timp. Dincolo de geam, lumea își trăiește viața, până și el parcă e fericit. Tu nu ceri nimic, nu reproșezi, nu te revolți. Pur și simplu ai vrea ca totul să fie altfel. Tu să nu fii lângă cineva pentru care nu simți nimic. El să nu îmbrățișeze alt om. Tu să nu miroși alt parfum. El să nu sărute altă femeie.

Unele lucruri sunt pentru că pur și simplu așa sunt. De unii oameni ți-e dor pentru că pur și simplu nu îi ai alături. Unele momente le-ai opri în loc pentru că pur și simplu ți-au schimbat viața. Nu e complicat să explici de ce, e mult mai complicat să îți spui ție de ce nu este așa, ci altfel. De ce omul pentru care ai da orice nu e lângă tine? De ce amintirile care te macină nu îți fac prezentul frumos? De ce ai vrea să spui atât de multe și totuși taci? De ce nu îți răspunde? De ce e rece? De ce e totul diferit?

Răspunsul e simplu. Pentru că așa trebuie să fie. Așa și nu altfel. În timp, când vei pune totul cap la cap, vei înțelege că asta a fost cea mai bună alegere și că lecțiile de viață tot sunt bune la ceva. Că oamenii vin și se duc. Că unele emoții trebuie să rămână. Că găsești putere pentru orice, important e să găsești și omul care să o merite. Și slăbiciunea ta să o merite. În timp, renunți la detalii și te ții de ceea ce merge și ceea ce este. Devii mai tare, mai rezistent în fața schimbărilor, mai fericit poate.

Ai vrea ca totul să fie *altfel.*
Tu să nu fii lângă cineva pentru
care nu simți *nimic.*
El să nu îmbrățișeze alt om.
Tu să nu miroși alt parfum.
El să nu *săruțe* altă femeie.

Fericirea merge mână în mână cu suferința. Omul pe care îl iubești cel mai mult într-o zi poate deveni trecut. Lucrurile pe care cândva le ignorai pot ajunge parte importantă din viața ta. În acest amalgam de oameni și trăiri, e imposibil să nu iubești și să nu suferi. Oamenii puternici vor căuta să lupte cu neputința, găsind în dragoste refugiul mult căutat. Cei slabi vor lua de la alții, din rezistența și nebunia lor în fața vieții. Unii vor râde, alții vor simula zâmbetul. Unii vor lupta pentru fericirea lor, alții vor ști că fericirea vine atunci când trăiești frumos. Vor ține la cineva, vor încuraja, vor fi alături. Și doar în momente de singurătate și de sinceritate vor plânge.

Nimeni nu este înzestrat cu puterea de a ține în el totul. Emoții, suferință, bucurii, gânduri. De asta și sunt oamenii: să avem cu cine să împărțim totul și de asta suntem noi, să împartă cei dragi cu noi cele mai frumoase și mai puțin frumoase momente. De asta suntem fericiți nu neapărat atunci când reușim ceva, când ajungem cineva sau când ne atingem scopurile. Suntem fericiți când avem cu cine împărți reușitele și momentele de bunătate. Celelalte momente, de tristețe și grijă, le purtăm în noi și doar foarte puțini sunt gata să le asculte. Uneori, nimeni. Și sunt momente în care ai vrea să fii ascultat, să stai de vorbă cu cineva. Atunci lași să treacă timpul și în tot acest timp rămâi puternic, de dragul celor din jur, de dragul sacrificiilor făcute, de dragul amintirilor. Și doar după zile sau ani, după mii de momente de tăcere, vei găsi un refugiu în lacrimi. Vei plânge.

Oamenii nu sunt slabi. Nici pe departe. Altfel nu s-ar fi construit imperii, până și în dragoste. Însă aceiași oameni cad de pe acoperiș cu speranța că pot zbura. Se oferă în totalitate cu speranța că vor putea avea încredere. Ei se țin cu orice preț de lumea pe care alții încă nu au distrus-o. Ei nu se vor teme de dragoste, știind că la capătul fiecărui tunel va fi lumină. Uneori însă dau de întuneric, chiar dacă au luptat, chiar dacă au oferit ce au avut mai bun. Atunci plâng. Atunci tristețea o vezi mai bine în ochi singuratici. Oamenii sunt puternici, dar până și puterea are o limită. Mai ales cea care vine din inimă.

SUNTEM **FERICIȚI** NU NEAPĂRAT ATUNCI CÂND REUȘIM CEVA. SUNTEM FERICIȚI CÂND AVEM CU CINE **ÎMPĂRȚI** REUȘITELE ȘI MOMENTELE DE BUNĂTATE. CELELALTE **MOMENTE**, DE TRISTEȚE ȘI GRIJĂ, LE PURTĂM ÎN **NOI** ȘI FOARTE PUȚINI SUNT CEI CARE-AR PUTEA SĂ LE **ASCULTE.**

Nu avem timp pentru mai multe mari iubiri în viață. Nu avem timp pentru mai mult de câteva săruturi pe zi. Și nici timp pentru a îmbrățișa omul drag dimineața. Le facem pe toate în fugă. Viața devine o fugă pentru că noi mergem mai repede, ne dorim mai repede, avem pofte care se termină înainte de a le simți gustul. Tot ce se întâmplă, repede pleacă. Până la urmă rămân doar cei care au trecut de același test, al timpului. În timp arăți că îți pasă, că iubești și nu pur și simplu ții la cineva, că și construiești și nu doar te-ai trezit câteva zile la rând în același pat și cu același om. Totul devine o consecutivitate de alegeri, decizii, oameni și gânduri, pe care dacă nu le trăiești atunci, e foarte probabil să nu le mai trăiești vreodată. După, riști să ai lângă tine omul nepotrivit, să te trezești în patul care nu e al tău și să duci o viață care ți-e străină. Sau invers.

Dragostea e și ea o grămadă de clipe adunate cu grijă împreună. Dacă le amesteci, poți forma cuvinte nepotrivite. Nu trăiești prima dragoste la 30 de ani. Excepții sunt prea puține. Nu te săruți prima dată la maturitate, ci pe la 15. De ce? Pentru că totul se întâmplă la timp. Nu încetezi să-i spui „te iubesc” dimineața și nu lași asta pentru seara.

Pentru că atât diminețile, cât și serile își au ritualul lor în dragoste. Nu spui „iartă-mă” la două săptămâni după ce v-ați certat, ci anume în acel moment în care ea așteaptă asta. Pentru că pe urmă ar putea fi prea târziu. Chiar și o ceartă... nu te cerți când totul e frumos sau când nu știi cum să condimentezi o relație. Trăiești o multitudine de momente care se repetă unul după altul, uneori mai repede alteori mai încet, dar care niciodată nu încalcă regula timpului.

Dragostea înseamnă decizii. Unele decizii le iei pentru câteva momente, altele pentru toată viața. Decizi să fii cu cineva sau nu. Decizi să răspunzi la acel nevinovat sărut sau nu. Decizi să te culci în acel pat sau nu. Să suferi sau nu. Decizi atunci. În dragoste, este imposibil să amâni sau dacă o faci nimic nu mai e la fel după asta. Chiar și când decizi să îți unești destinul cu omul drag: dacă o faci în momentul potrivit, poți primi un „da” hotărât. Dacă nu, e mult probabil ca răspunsul să fie „nu”. Și cu decizia asta se unesc alte zeci de decizii. Și omul de lângă trăiește aceleași momente.

Nu avem timp pentru indoieli în viață. Nici pentru variante de rezervă. Mai bine să încerci, decât să nu știi cum e asta. Mai bine să trăiești, decât să aștepți. Pentru că ceea ce nu avem la timp, devine o dorință consumată. Ceea ce nu simțim la timp se transformă în gânduri de noapte. Ceea ce nu găsim la timp trece în căutări de-o viață. Nu lăsa să ai, să simți, să găsești și să trăiești ceea ce nu ai fi vrut niciodată. Trăiește. Trăiește cu prezentul. Iubește.
Trăiește frumos, cald, în doi. Acum!

LE FACEM PE
TOATE LA
REPEZEALĂ.
VIAȚA
DEVINE O
FUGĂ
PENTRU
CĂ NOI
MERGEM
MAI REPEDE,
NE DORIM
MAI REPEDE,
AVEM
POFTE CARE
SE TERMINĂ
ÎNAINTE DE A
LE **SIMȚI**
GUSTUL.

În viață gustăm dragostea de mai multe ori. O trăim însă de mai puține. Și o simțim atât de rar. Uneori lângă suflete pereche. Uneori lângă oameni îndrăgostiți. Uneori lângă oameni de umplutură. Prea puternici pentru a putea trezi un sentiment și prea mici pentru a-l putea menține. Iubim oameni goi pe dinăuntru și iubim goliciunea lor din afară. Iubim nulități. Îi iubim pe cei care nici nu se încumetă să trăiască dragostea. Apoi rămânem cu ochii țintiți într-un tavan, suferind. Și, culmea, găsim motive până și în suferință, de dragul cuiva.

Irosim iubiri mari pe oameni mici. Pierdem din încredere cu fiecare femeie care renunță la dragoste și cu fiecare bărbat care face o femeie să sufere. Ne detașăm de realitate, gândind o iubire utopică, doar pentru a supraviețui realității. Iar realitatea e simplă. Cineva va trăda. Cineva va iubi. Cineva nu va ști ce simte. Ne ferim parcă de oamenii mici în dragoste și de fiecare dată tot peste ei dăm. Tot pentru ei ne schimbăm. Tot din cauza lor percepem dragostea drept lecții învățate în diferite perioade de timp. Uneori, aceste lecții sunt necesare. Doar așa am face diferența între iubiri false și iubiri adevărate. Doar așa am şti cum să dăm la o parte ceea ce ne provoacă durere. Până și iubirea se trăiește în doze mici și nu se descoperă toată dintr-o dată. Pentru că iubind vei da de prea mulți oameni lângă care să vrei să te culci noaptea și de prea puțini alături de care să vrei să te trezești dimineața. Și asta pentru că gustăm de prea multe ori. Trăim prea puțin. Și nu simțim deloc.

Singurătatea femeilor frumoase. Toate lucrurile care se întâmplă în jurul lor, au un temei. Şi chiar dacă ele refuză să adoarmă la pieptul altor oameni, trăiesc cu parfumul acestora. Şi chiar dacă îşi aruncă fericirea pe raft, muşcă din fericirea altora. Ele vor să râdă, să pară fericite pe măsura frumuseţii lor, să se joace cu alte suflete fericite. Ea ştiu că anume frumuseţea lor este temeiul pentru care mulţi au zis „nu" şi tot atât de mulţi au zis „da". Uneori le va fi teamă de singurătate, dar vor fi neputincioase în faţa propriei cugetări.
oameni singuri...

Ele scriu poveşti de dragoste şi le aruncă apoi la coşul de gunoi. Ele sunt gata să devină îngeri şi demoni în acelaşi timp, doar să se desfăteze cu narcisele ce înfloresc în suflete de bărbat. Ele nu vor fi niciodată de acord să devină gospodine şi să facă economii pentru mobilă şi ţesătură fină de perdea. Ele se vor întreba mereu cât costă fericirea altora, fără să ştie ce preţ are fericirea lor. Ele vor iubi. Poate prea mult.
femei de-o zi...

Femeile frumoase învață. Pe unii cum să devină bărbați și pe alții cum să rămână copii obsedați de jucăria lor preferată. Iar într-un final nu le mai rămâne timp să se gândească și la frumusețea lor. De cealaltă parte, din adânc, de sub carne. Și ajung să cadă de pe Everestul propriului orgoliu feminin. Și ajung să sufere. Să tacă. Și într-un final să fie singure. Atât de frecvente sunt cuvintele *fericire* și *frumusețe*. Iar între... între este singurătatea. Femeile frumoase vor crea bariere de ruj și parfum scump în jurul lor, vor aduce la picioare amintiri de catifea, care să macine din prezent, puţin câte puţin. Vor adulmeca primul venit și îl vor trage în mreaja lor. Iubind, dar nu și simţind cu adevărat. Gelozie, dar nu dăruire.
oameni...

Ele nu duc niciodată lipsă acută de oameni, dar sunt singure. Singure printre sute, mii de alți oameni care, la fel de triști, își caută fericirea la o adresă greșită. Poate că până la urmă, totul se rezumă la alegerea corectă. Dacă între două complimente făcute de bărbat mai rămâne ceva, înseamnă că a ales corect. Dacă între două săruturi rămâne doar cămașa de noapte aruncată pe jos, înseamnă că a greșit. Greșelile își au sensul lor. Până când nu devin tatuaj pe suflet.

Ele se vor întreba mereu

cât costă *fericirea*

altora, fără să știe ce preţ are

fericirea lor. Ele vor *iubi*.

Poate prea mult.

CONVIEȚUIREA

Unii își doresc să iubească sincer, să aibă alături un om drag cu care să împartă totul, să îmbrățișeze dimineața pe cineva și seara să aibă la cine se întoarce. Ei pot iubi cu adevărat, dar de cele mai multe ori dau de oameni nepotriviți. Unii, dimpotrivă, găsesc un suflet deschis gata să îi iubească așa cum știu. Ei însă nu vor prețui. Nu vor ține la celălalt și vor crede în mod firesc că dragostea e un sentiment de ocazie. Vor răni, atașând oameni, vor ignora dorințe și gânduri de reciprocitate. Vor trăi cu un „Bună. Te iubesc. Pa."

Bună. Sunt eu, omul cu care ai atât de multe în comun. Ador mirosul tău, buzele și felul în care îmi răspunzi. Te admir pentru că nu ești ca celelalte. Ți-aș putea oferi frumosul împachetat în săruturi dimineața și-n îmbrățișări calde seara. Vreau să te cunosc, altfel decât au făcut-o cei dinaintea mea. Vreau să te fac fericită și gândul ăsta mi-e de ajuns ca să pornim pe același drum. Eu știu, lângă tine nu pot fi nefericit. Așa că - bună!

Te iubesc. Mi-am dat seama de asta când, aproape de tine, inima a început să-mi bată mai tare. Când mi-a fost dor știindu-te departe. Când mi-ai fost aproape. Când mă jucam cu părul tău. Te iubesc pentru ce sunt alături de tine. Mă transformi. Mă faci să vreau mai mult, mai frumos. Împreună am reușit să creăm o lume a noastră, trăită în prezent. Împreună avem un vis comun. Îmi place să te ating, îmi place să te cuceresc. Te iubesc.

Pa. Gata, nu mai vreau și nu mai cred că se poate. Ești diferită, ești o străină. Nu cred că avem în comun mai mult decât niște nopți petrecute împreună. Mă plictisești, nu mă cunoști și asta mă face să zic că nu ne mai potrivim. Să nu plângi, pentru că nu se va schimba nimic. A fost frumos, dar numai atât. Vei găsi pe altcineva. Pa.

Oamenii se despart înainte de a ajunge să se cunoască cu adevărat. Se împacă înainte de a apuca să înțeleagă de ce s-au certat și de asta relațiile sunt șubrede. Se conving că nu sunt unul pentru celălalt înainte de a ști ce înseamnă să fii un tot întreg. Iubind însă, dorind fericirea omului de alături, nu lași să se ajungă la un „rămas-bun" spus în grabă. Nu ignori. Nu rezumi totul cunoscând un om la suprafață, fără a-i ști sufletul. Și cu siguranță nu transformi o iubire frumoasă, poate de-o viață, într-un rece ,,Bună. Te iubesc. Pa."

Bună.

Te iubesc.

Pa.

Nu te programezi și nu stai în rând la dragoste. Ea vine pe neașteptate și poate de asta o trăiești mai intens, mai frumos, mai pe toată viața. Și fiecare relație o păstrezi în felul ei: unele în minte, altele în inimă iar altele într-o cutie cu vise. După ceva timp, îți rămân aproape de suflet cele mai puternice dintre ele, la fel cum rămân și cei mai speciali bărbați. Ei fie te-au învățat ceva, fie ți-au dat viața peste cap, fie te-au făcut să cunoști fiorii unui sărut într-o seară de vară. Iar tu îți vei aduce aminte doar de cei care au contat.

Sunt femei care țin minte toată viața prima dragoste. Și mai mult, o păstrează ca pe un etalon, un exemplu unic pe care îl compară cu toate tentativele de relații și bărbați trecuți prin viața lor. Puține dintre ele știu că doar atunci când se vor opri din goana după trecut vor putea lăsa deoparte primul bărbat și păstra pe ultimul. Iar ultimul mereu este cel mai important. El este cel care îți va aduce siguranță și liniște. Veți fi la fel de nebuni și fericiți, dar vei trăi toate momentele cu împăcarea că el este al tău, omul tău. Primul bărbat va trezi nebunia din tine, te va învăța cum să iubești și cât de frumoasă poate fi viața în doi. Ultimul va transforma nebunia într-un secret comun, va fi un creator al vieții voastre și nu-ți va da motiv de neliniște. Nu te vei simți o fetiță de 18 ani, gata să facă orice pentru bărbatul ei, ci o femeie gata să înfrunte greutăți alături de prietenul, iubitul și omul ei.

Primul bărbat din viața unei femei este important, el va fi demonul sau îngerul ei, îi va arăta cum e corect să iubești sau îi va nimici orice dorință de a mai iubi. Ultimul însă e diferit. El va conta cel mai mult, el va rămâne alături pe viață și tot el va fi o reflecție a tuturor bărbaților din trecut și a tuturor visurilor despre viitor. Iar dacă ultimul din viața unei femei va fi și primul din inima ei, atunci fericirea e cu atât mai mare. Ultimul bărbat nu e doar ultimul din viața unei femei, el va fi și stâlpul unei familii frumoase, și tatăl copiilor, și prieten, și bun amant. El va căuta să te cunoască, să te susțină și să aibă grijă de tine. El îți va arăta viața așa cum este ea, cu bune și cu rele, te va invita alături în acest ritm nebun al dragostei și al căminului și va încerca să îți dea tot ce e mai bun.

PRIMUL BĂRBAT VA TREZI NEBUNIA DIN TINE,
TE VA ÎNVĂȚA CUM SĂ IUBEȘTI
ȘI CÂT DE FRUMOASĂ POATE FI VIAȚA ÎN DOI.
ULTIMUL VA TRANSFORMA NEBUNIA ÎNTR-UN
SECRET COMUN, VA FI UN CREATOR AL VIEȚII
VOASTRE ȘI NU-ȚI VA DA MOTIVE DE NELINIȘTE.

Să iubești e simplu dacă știi cum. Nu că dragostea ar fi o definiție sau un fapt gândit din timp. Nici un sentiment de ocazie descifrat într-o noapte fierbinte. Îți dai seama că iubești după câteva luni trăite împreună, într-o dimineață în care te trezește cu un sărut. Sau după o faptă a lui, când înțelegi că e omul tău. Apoi vine confirmarea de zi de zi a alegerii tale și a deciziei lui. Ca să constați și să confirmi un sentiment, nu îți trebuie mult, ca să construiești o relație și să o menții îți va trebui o viață.

Cum să faci o relație să meargă perfect? Dacă ar ști, bărbații nu ar mai lupta, femeile nu ar mai susține și ambii nu ar mai construi împreună. Pur și simplu ar iubi. Însă până și iubirea are nevoie de dovezi, de fapte concrete, de cuvinte sincere și de atitudine. Până la urmă, o relație sănătoasă se naște din lucruri simple pe care fiecare încearcă să le complice cum poate. Dacă doi oameni, un el și o ea, ar vorbi mai mult despre lucrurile pe care aleg să le tacă, s-ar asculta mai des, ar lupta mai cu dorință, s-ar susține și s-ar înțelege, nu ar mai fi neînțelegeri, reproșuri și într-un final, despărțiri. Despărțirea ar putea fi o opțiune, dar niciodată nu trebuie să fie prima opțiune. De cele mai multe ori, oamenii nu își dau seama că problema s-ar rezolva a doua zi dacă ar fi un pic de înțelegere, dacă s-ar face câțiva pași în întâmpinare.

Vrei o relație bună? Fii bun. Vrei un partener care să te susțină? Susține și tu. Într-o relație, reciprocitatea nu are limite. La urma urmei, relațiile pe care le-ai avut înainte, tot ce ai trăit, ce ai suferit și de ce te-ai bucurat trebuie să fie o cât de mică lecție pentru ceea ce ai acum. Să înțelegi că dacă pierzi, o faci nu doar din vina lui. Să ajungi la cincizeci de ani ținându-l de mână pe omul pe care îl iubești nu este un dar sau o predestinare. Este muncă. Un efort făcut zilnic, a cărui greutate nici nu o observi dacă totul se împarte la doi și totul e făcut la timp. Cauți rețete, prescripții, recomandări pentru o relație perfectă? Pentru omul potrivit? Fii tu în primul rând persoana potrivită. Dacă nu ești, tinde să fii. Dacă greșești, recunoaște. Dacă nu știi, întreabă. Dacă vezi că se rupe, ia și îndreaptă. Unește. Vorbește. Construiește. Ascultă. Repară. Fă ceva. Și asta se referă la ambii. Este greu să oferi? Să devii un bun prieten? Să ai mai multă răbdare? Să fii mai bun? Să zâmbești mai des? Să oferi devotament? Să ierți când trebuie? Să ceri iertare? Dacă vrei o rețetă bună, nu trebuie decât să le unești pe toate în același întreg, pe care unii fericiți îl numesc relație.

Cauți rețete, prescripții,

recomandări pentru o

relație perfectă?

Pentru omul potrivit? Fii tu în primul

rând persoana potrivită.

Dacă nu ești, *tinde* să fii.

Dacă greșești, recunoaște.

Dacă nu știi, *întreabă.*

Dacă vezi că se rupe, ia și îndreaptă.

Unește.

Vorbește.

Construiește.

Ascultă.

Repară.

Fă ceva.

Și-acest lucru se referă la ambii.

Ceea ce dorești, faci. Iar ceea ce faci îți dictează starea ta de bine și starea celui de alături. Îți determină felul de a fi lângă cineva și pentru cineva. Nu poți să iubești și să lași, cum e imposibil să îți fie indiferent cineva și să îl ai aproape. Poate lângă tine, poate ținându-l de mână, dar niciodată în inima ta. Lucrurile se aranjează după cum gândești și cum simți. Chiar dacă vei face efortul să rămâi lângă cineva din milă sau obligație, până la urmă vei exploda și vei lăsa totul. Pentru că în dragoste trebuie să fii și liber. În dragoste trebuie să vrei prezența celuilalt. În dragoste trebuie să lași deoparte acest „trebuie" și să începi să iubești cu adevărat.

Dacă vei dori să fii alături – vei fi. Vei găsi pentru asta tot timpul din lume. Vei sacrifica alte o mie de momente. Vei lăsa deoparte orgoliul și indiferența. Vei fi pentru că vei dori cel mai mult asta. Pentru că așa e firesc, să-ți fie dor și să potolești acest dor cu o îmbrățișare, cu o conversație până după miezul nopții, cu un sărut. Știi că doar brațele lui te pot încălzi cu adevărat și doar cuvintele lui te pot încuraja. Dacă nu vei fi convinsă, nici nu îți vei dori atât de mult să fii alături. Iar dacă nu îți vei dori, vei găsi motive. Vor fi motive multe, false și seci.

Că nu e suficient de bun, că nu sărută cel mai bine, că nu vorbește cel mai frumos. Însă el este bun, doar că tu pur și simplu nu-l vrei. Poate iubești pe altul ori poate că vrei să fii singură.

Dacă vei dori să fii alături, vei schimba la 180 de grade lumea din tine. Pentru că dorințele transformă, mai ales cele frumoase, zămislite din dragoste. Și intenția de a fi alături transformă. Și pasiunea la fel. Fie el cel mai grosolan bărbat sau fie ea cea mai rece femeie, dacă vei dori să o simți aproape, să-i miroși parfumul, să-i auzi cuvintele, să-i înțelegi caracterul, vei fi. Iubirile pasionale de-o noapte, relațiile frumoase care țin ani buni, căsniciile reușite ce durează o viață, toate sunt pentru că ambii au avut dorință și au găsit timp să fie împreună. Fie că pentru o noapte, pentru câțiva ani sau pentru toată viața.

IUBIRILE PASIONALE DE-O NOAPTE, **RELAȚIILE** FRUMOASE CARE ȚIN ANI BUNI, **CĂSNICIILE** REUȘITE CE **DUREAZĂ** O VIAȚĂ, TOATE SUNT PENTRU CĂ AMBII AU AVUT **DORINȚĂ** ȘI AU GĂSIT **TIMP** SĂ FIE **ÎMPREUNĂ.** FIE CĂ PENTRU O **NOAPTE,** PENTRU CÂȚIVA **ANI** SAU PENTRU **TOATĂ VIAȚA.**

Cuvintele nu valoarează în dragoste mai mult decât condimentele. Dau gust și culoare, dar niciodată nu vor fi partea consistentă. Unele pot fi prea dulci, altele pot fi mai amare ca pelinul, dar nu te vei sătura de ele prea repede. Cum nu te vei plictisi de cei care ți le vor spune. Unii oameni sunt mai falși decât cuvintele pe care le spun. Dar rămâi alături de ei, pentru că îi iubești. Alții sunt sinceri și își îngroapă șansele la fericire cu sinceritatea lor.

De partea cealaltă va fi un bărbat care îți va spune că te iubește pentru sex. Va fi o femeie care îți va jura credință pentru bani. Vor fi profitori de dragoste și incapabili de emoții sincere. Dar vor fi și cei pentru care vei conta. Ei te vor iubi fără cuvinte, din inimă. Iar asta va fi mult prea sincer ca să te îndoiești. Dar de cele mai multe ori îi vei lăsa și vei păstra profitorii. De multe ori cuvintele sunt o vrăjeală, iar faptele un vis realizat. Vei dori un bărbat care să-ți promită un viitor bun. Sau o femeie cu un prezent frumos și colorat. Niciunul nu se va ține de cuvânt, trădându-te. De ce? Pentru că atunci când cuvintele se vor termina, nu vor mai avea ce-ți oferi. Vor fi goi pe dinăuntru.

De multe ori greșesc oamenii care au crezut prea mult în dragoste. Greșesc și apoi speră să dea din nou peste cei care îi vor putea iubi fără cuvinte, din inimă. Și ei sunt. Ei nu vorbesc, nu promit prea multe, nu alintă cu vorbe goale, ci sunt alături. Și prezența lor se simte prin fapte, prin emoții, prin atitudine. Chiar și de-i îmbrățișezi o dată, simți câtă căldură se ascunde acolo, în suflet. Nu mai contează cuvintele, banii, dorințele. Sunt oameni a căror dragoste o vezi în timp.

Cuvintele

nu valoarează în dragoste

mai mult decât

condimentele.

Dau gust și culoare, dar

niciodată nu vor fi partea

consistentă.

Atât de mult vorbim despre dragoste. Despre fericire. Despre oameni îndrăgostiți și fericiți. Despre împlinirea alături de omul drag. Cei împliniți vor înțelege. Cei fericiți la fel. Nu vor înțelege cei care au iubit, au trăit dragostea și au suferit în numele ei. Nu vor înțelege trădarea și jurămintele dinaintea ei. Să iubești și să nu fii iubit. Să iubești și să fii trădat e mult mai crunt. E mișelesc. Bărbați, femei, trădătorii în dragoste sunt la fel. Sunt goi. Imaginează-ți o femeie care și-a pierdut sensul vieții pentru că a crezut într-un om. Imaginează-ți un bărbat care refuză să mai iubească. Atât de mult vorbim despre dragoste. Și atât de puțin o trăim.

Cei care-l înșală sau îl trădează pe omul lor nu pot fi înțeleși. Nici ascultați. Nu poți explica un gest făcut rațional pe niște temeiuri nechibzuite. Nu poți spune azi da, iar mâine nu. Nu poți transforma dragostea într-o tablă de șah cu un rege care aleargă după două regine. Nu poți. Cum nu poți jura încredere pe viață și într-o zi, într-o singură zi, să lași tot.

Nu poți face asta nici la 20 de ani și nici la 50 de ani. Nici fericit și nici înfuriat fiind. Nici iubind și nici răzbunându-te. E o prostie născocită de cei slabi sau de cei înșelați la rândul lor. E un moft al unei lumi cu prea multe femei pentru unii și prea mulți bărbați pentru altele. Cu prea multă dragoste. Cât n-ar părea de banal, dar unii cred că e prea multă dragoste şi poţi să o împarţi nu doar cu omul drag. Trădarea nu poate fi argumentată.

Nu trăda. Dacă suferi, pleacă, dar nu trăda. Dacă ai întrebări, întreabă. Dacă vezi că se clatină, susţine. Nu fi naiv să crezi că se trece. Unii iartă, dar nu uită şi e mai dureros să fii lângă cineva care te iubeşte cu lacrimi. Nu-ţi trăda jumătatea. Nu trăda jumătatea din tine, poate cea mai frumoasă jumătate. Spune ce simţi, niciodată nu transforma dragostea într-un secret. Luptă pentru omul tău, de crezi cu adevărat că este al tău. Lasă trecutul şi luptă pentru altcineva, dacă aşa simţi. Riscă şi trăieşte prezentul. Dar nu trăda.

FII TARE ȘI
RECUNOAȘTE
CĂ NU MERGE.
FII SLAB ȘI
RECUNOAȘTE
CĂ NU MAI
IUBEȘTI.
DAR **NU TRĂDA.**

Căsătoria nu este o intrigă ieftină, de care poți scăpa cu prima ocazie. În căsătorie nu ai alături un om căruia poți să-i dai papucii când vrei. Nu construiești când îți vine și nu pleci când ai chef. Ești mereu prezent, altfel ceva se rupe, ceva nu va mai fi la fel. Și atunci, cum să fii alături de un om pe care nu îl iubești? Cum ar fi să te trezești dimineața și să nu vrei îmbrățișarea celuilalt? Cum ar fi să împarți la doi și acest doi să nu mai existe? De aceea, indiferent de orice, căsătorește-te din dragoste.

Căsătorește-te cu omul de lângă care nu ai pleca la prima ceartă și pentru care ai fi gata să cedezi uneori. Căsătorește-te cu omul pe care-l simți aproape din suflet, și nu din interes. Căsătorește-te cu cel alături de care ți se potrivesc poveștile, idealurile, planurile de viitor. Pentru că din acel moment nu vei avea altă cale: veți fi două entități libere ce vor deveni un tot întreg, două lumi care se vor intersecta atât de mult, două vieți care își vor combina anii, amintirile, dorințele. Veți fi împreună la bine și la greu.

Pentru că atât de multe lucruri veți face în doi. Veți călători în doi, veți face mâncare în doi, veți primi oaspeți în doi, vă veți certa în doi, veți crește copii în doi. Și atunci cum să faci toate acestea fără dragoste? Fără certitudinea că cel de alături e omul potrivit. Că tu ești cea mai potrivită lângă el. Se simte atât de puternic care sunt relațiile crescute din dragoste și cele crescute din obișnuință. În primele lucrurile vor merge de la sine, spontan uneori și cu o dorință continuă de a dărui fericire. Celelalte sunt trăite de oamenii neîmpliniți.

Fă ce vrei,

cum vrei,

când vrei,

dar căsătorește-te

din *dragoste!*

Lumea este o joacă. O joacă de-a binele și răul, care sunt mereu alături. Cine joacă mai bine, e considerat bun. Primul. Cine joacă prost, poate fi oricum, numai bun nu e. La un moment dat, cei care joacă prost nu găsesc să facă altceva decât să critice. Să bârfească jocul altora. Adică viața altora. Oricât am zice că lumea e bună și că totuși se poate, oricâtă recunoștință am avea pentru unii oameni, până la urmă lumea e suma lucrurilor ce se întâmplă în jurul tău, a gândurilor pe care le ai și a momentelor pe care le trăiești. Dacă lucrurile și momentele nu sunt bune, lumea critică. Bârfește. Trăiește cu bârfe. Iar cel mai des subiect de bârfă e chiar viața ta. A ta și a omului drag. Iar de la bârfă la invidie e doar un pas. Să fim serioși, cine nu a invidiat măcar o dată viața altcuiva?

Viața însă nu este o mașinărie de produs povești. De expuneri și recunoașteri. O știu cel mai bine oamenii fericiți. Și cei deja nefericiți, trecuți prin asta. Nimeni nu îți vrea fericirea așa cum ți-o dorești tu. Și nimeni nu o va construi în locul tău. Chiar și în dragoste... nu vii cu nimic, vii cu o parte din fericire pe care o completezi cu a celuilalt. Viața își are regulile ei și oamenii își au regulile lor. Și poate că cea mai crudă regulă îți va spune că toți sunt gata să treacă peste tine pentru fericirea proprie. Să vinzi povești e frumos, dar nu și povești pentru tine. Să impresionezi cu viața pe care o ai e frumos, dar nu și pentru ceea ce trăiești tu însuți. Aici e și punctul de trecere de la fericire la nefericire... când ajungi să bârfești propria viață. Trăiește frumos, sincer, nu-ți trăda scopurile, dar la ce bun să știe toată lumea că ai reușit? Sau că ați reușit. Pentru că în dragoste e la fel.

Dragostea se împarte la doi. Fericirea la fel. Și neînțelegerile dintr-o relație tot. La doi. Lași baltă prietenii tăi, ai ei, cunoscuți, psihologi, oameni de-o zi și clarifici în doi. Iubești în doi. Decizi în doi. Aici se arată cel mai bine echilibrul mult râvnit de cupluri. Produsul dragostei, adică fericirea voastră, nu îl vinzi cu prima ocazie. Nu îl scoți în vitrină. Nu îl compari cu al altora. Mai târziu apar întrebări de ce nu merge. Nu merge pentru că atât de mulți sunt implicați în povestea asta că nici nu știi dacă mai merită efortul. Fii fericit să spui la toată lumea că iubești, dar fii precaut cum o faci. Cel mai potrivit e să iubești în tăcere și cu adevărat.

DRAGOSTEA SE ÎMPARTE **LA DOI.**
FERICIREA LA FEL. ȘI NEÎNȚELEGERILE
DINTR-O RELAȚIE TOT. **LA DOI.**
PRODUSUL DRAGOSTEI, ADICĂ
FERICIREA VOASTRĂ,
NU ÎL VINZI CU PRIMA OCAZIE.
NU ÎL SCOȚI ÎN VITRINĂ.
NU ÎL COMPARI CU AL ALTORA.

Cât de absurd este să te prefaci într-o relație. Să privești omul de alături, omul pe care îl iubești și pentru care ai face orice și să-l minți. Să te minți pe tine apoi că totul va fi ca înainte. Că mai poți să repari ceva, să scoți neîncrederea din mintea celuilalt. Degeaba o să mai fii sincer. A doua șansă există, cu siguranță. Dar odată ce sufletul femeii iubite a fost rănit, nu va mai fi nicicând ca altădată. Atunci fie tu vei regreta și ea va accepta, fie tu vei suferi și ea va pleca. Minciunile au întotdeauna consecințe.

Minciuna într-o relație este începutul unui sfârșit. Un sfârșit rece și gol. Și nu există argumente, motive, păreri de rău. Mințind, pui la îndoială tot ce ați construit până acum. Tot. Prin îndoieli, tai în jumătate încrederea. Iar fără încredere este imposibil să menții o relație. Nu poți să iubești așa, pur și simplu. Dincolo de plăceri, mai sunt și motive pentru care rămâi alături de același om zi de zi, ani buni. Unul dintre ele este siguranța că acesta e omul tău. Încrederea că alături de el te simți bine și că el niciodată nu te va jigni, nu te va ignora, nu te va minți. E simplă această logică, pe care însă mulți o complică până la imposibil. O femeie, dar și un bărbat, va aprecia mai mult dacă îi vei spune sincer cum stau lucrurile, oricât de greu ar părea la prima vedere. Înainte de asta însă să calculezi dacă merită să faci aceste lucruri. Pentru că totul se leagă. Și fiecare acțiune a ta într-o relație se supune legii bumerangului. Îți place sau nu, ceea ce faci se întoarce. Ce spui, aceea primești.

Nu minți omul de alături. Nu pentru asta este omul tău și nu de asta e alături. Fii sincer cu el și, poate, în primul rând, cu tine. Dacă nu poți fi așa, pleacă. Dar nu răni. Fii mai bine direct, în loc să fii laș. Rezolvă, în loc să minți. Spune, în loc să ascunzi. Iubește, în loc să te prefaci.

NU MINȚI OMUL DE ALĂTURI.
NU PENTRU ASTA ESTE **OMUL TĂU**
ȘI NU DE ASTA **E ALĂTURI.**
FII SINCER CU EL ȘI, POATE, ÎN PRIMUL
RÂND, CU TINE. DACĂ NU POȚI FI AȘA,
PLEACĂ. DAR **NU RĂNI.**
FII MAI BINE DIRECT, ÎN LOC SĂ FII LAȘ.
REZOLVĂ, ÎN LOC SĂ MINȚI.
SPUNE, ÎN LOC SĂ ASCUNZI.
IUBEȘTE, ÎN LOC SĂ TE PREFACI.

Cei care cred că există relații perfecte, fără motive de supărare și fără momente de ceartă, să stea fericiți cu propria imaginație și să-și construiască singuri relații perfecte. Pentru că așa ceva nu există. Nu există încredere fără testarea ei în timp. Nu există împăcări cu aromă de dragoste fără certuri cu miros de supărare. Nu există fericire fără momente de tristețe sau teamă. Fiind lângă cineva, îți va fi teamă să îl pierzi, să lași în trecut momentele petrecute alături de el și din acest motiv vei căuta să faci ceva, să schimbi, să fii mai bun. În tot acest timp vei fi lângă ea sau lângă el, vei împărți o lume la doi, o masă și-un pat, iar asta înseamnă că unele certuri sunt inevitabile. Ca și unele împăcări. Ca să ajungi departe trebuie să o iei pas cu pas, ceartă cu ceartă, împăcare cu împăcare, împreună.

Atunci când veți trăi o viață în doi și când, în fața unui șemineu, nepoții vă vor întreba cum ați ajuns aici, veți spune că au fost momente frumoase și mai grele, momente când v-ați îndoit unul de celălalt și când ați fost dezamăgiți, dar în toate aceste momente nu ați cedat niciodată. Și asta vor spune toate cuplurile fericite. Pentru că asta face diferența. Oamenii fericiți vor să-și vadă jumătatea fericită. Vor să se împace mai repede. Vor să explice. Vor să iubească sincer. Și până la urmă au ce vor. Au relații de-o viață. Au convingerea că după o ceartă vine și o discuție bună sau liniște, sau o revelație și că fiecare ceartă își are locul ei. Au siguranța omului de lângă. Restul e doar parte din povestea spusă nepoților.

Nu există relații fără certuri și supărări, cum nu există relații fără momente frumoase și unice. Altfel nu e relație. Altfel nu ajungi să mergi și la 70 de ani de mână cu omul tău, nu cu un străin sau un nesuferit. Nu există relații fără dorința de a lămuri lucrurile. De cele mai multe ori, asta merge mână în mână cu cearta. Sau cu supărările mici. Dar mereu se rezolvă. Mereu se ajunge la un compromis. Așa procedează oamenii puternici și așa se face în relațiile puternice. Atât. Ah da, și se iubește puternic, de parcă dragostea ar fi un om și omul ăsta ar fi întregul tău.

Nu există *încredere*

fără testarea ei în timp.

Nu există *fericire*

fără momente

de tristețe sau teamă.

Cine zice că dragostea e doar dragoste se înșală. Cine zice că banii sunt doar bani greșește. Cine crede că un bilet de avion nu poate schimba nimic nu a folosit niciodată un bilet de avion. Sunt lucruri care, oricât de mult le-am schimba, rămân exemple ce îți arată viața ca-n palmă. Iubești, trăiești. Ai bani, exiști. Ceea ce ne face să găsim în viață un model nu este nebunia unei aventuri frumoase și nici liniștea unei familii pe care o iubești și la care ții. Cel mai probabil e o cale de mijloc, una în care viața înseamnă mai mult decât supraviețuire, dar nici nu uiți să lupți.

Ești bărbat. Ca și alte mii de bărbați, îți dorești ca ziua de mâine să fie mai frumoasă decât ziua de azi. Să ai bani care să îți ajungă până la sfârșit de lună, o fată care să te iubească sincer și o viață care să te facă să înțelegi că ai găsit compromisul între dragoste și necesitate. Compromisul îl găsești și la 20, și la 40 de ani, doar că de fiecare dată e diferit. Îți dai seama că viața ta, cu bune și cu rele, e o sumă de linii. După fiecare relație, tragi linia. După fiecare job, la fel. E corect să faci concluzii, e greșit să le faci prea des. Până la urmă, tot regreți că a fost așa și nu altfel. Atunci dai vina pe altcineva și, cel mai probabil, cedezi. Greșit.

Încerci, ca bărbat, să înţelegi ce legătură există între o femeie şi preocupările de partea materială a existenţei. Răspunsul însă e simplu: niciuna. Nu o femeie trebuie să fie preocupată de siguranţa materială, ci tu. Înainte să te arunci cu argumente, îţi zic că sunt şi bărbaţi deschişi pentru comunicare, că există relaţii în care fiecare contribuie 50 la 50, asigurarea financiară a cuplului, că e firesc ca o femeie să lucreze şi ea. Dar dincolo de toate astea eşti tu. Imaginează-ţi că mâine ea vine cu un test de sarcină pozitiv. Atunci ce faci? Imaginează-ţi că ea lipseşte, eşti doar tu şi toate necesităţile tale, mândria de bărbat, dorinţa de a demonstra ceva, puterea din tine, atitudinea. Aşa sau altfel, banii îţi vor răspunde la întrebarea: care e diferenţa dintre ceea ce ai promis sau ţi-ai promis şi ceea ce ai făcut?

Apoi, femeile. Le găseşti uneori foarte naive, alteori prea puternice, dar niciodată plictisitoare. Da, ai iubit şi instinctul de bărbat îţi spune că ai mai putea iubi o dată. Însă dincolo de interesul şi plăcerea de a descoperi într-o femeie o doamnă şi o amantă, vine momentul când o vezi şi ca soţie. Şi ca mamă. Şi ca prietenă. Atunci te gândeşti dacă toţi anii de căutare au meritat efortul şi înţelegi că da, au meritat. Doar că acum e momentul să te aşezi lângă ea, să explici că trecutul e un dar oferit oamenilor, iar viitorul un moment predestinat pentru doi oameni. O iubeşti şi înţelegi că... altfel cum, dacă nu cu ea? Doar ea.

Dacă ne-am întreba ce face un om peste ani, am înţelege că toată viaţa lui e o călătorie. Cel mai frumos e atunci când iei decizii la timp şi ai lângă tine un singur om pe care îl iubeşti. Atât, fără teatru. Să fii stăpân pe viaţa ta, să te simţi pe picioarele tale nu înseamnă să nu suporți eșecuri și neajunsuri, ci să alegi ce e corect. Să acționezi corect. Să duci lucrurile corect până la capăt. Să știi că acea călătorie te va duce departe sau te va purta lângă cineva, dar mereu vei fi tu însuți. Să călătorești în toată lumea e frumos. Să faci asta alături de cineva e o chestie de viață.

SĂ FII **STĂPÂN PE VIAŢA TA,** SĂ TE SIMȚI PE PICIOARELE TALE NU ÎNSEAMNĂ SĂ NU SUPORŢI EȘECURI ȘI NEAJUNSURI, CI **SĂ ALEGI** CE E CORECT.

SĂ ACŢIONEZI CORECT.

SĂ DUCI LUCRURILE CORECT PÂNĂ LA CAPĂT.

SĂ ȘTII CĂ ACEA CĂLĂTORIE TE VA DUCE DEPARTE SAU TE VA PURTA **LÂNGĂ CINEVA,**

DAR **MEREU VEI FI TU ÎNSUȚI.**

Dacă iubim, iubim necondiționat. Dacă ne îndrăgostim, ne îndrăgostim ca nebunii. Dacă ținem la cineva, o facem cu tot sufletul. E vorba de acea dragoste care nu caută răspunsuri. Nici timp sau motive. Ea există și cu asta umpli cu sens două vieți. Atunci nu te întrebi dacă merită, dacă vei iubi la fel și peste douăzeci de ani, dacă vei suferi. Lucrurile în plus doar complică farmecul unei emoții sincere. Există doar momentul de atunci. Omul de atunci. Dragostea de atunci.

Să nu te temi de o iubire proaspătă, ce a venit ca o ploaie de vară și va pleca la fel de repede. Să nu-ți fie teamă nici de un sfârșit. Să nu te oprești să-ți asculți inima. S-ar putea ca a doua oară să nu mai fie la fel. Uneori nu există a doua șansă. Uneori ceea ce ai acum poate fi cel mai frumos lucru ce ți se va întâmpla într-o viață. În dragoste, nu există teamă. Există doar lipsa unei dorințe puternice care să-ți depășească propria stare. Dorința să fii alături de cineva, cu orice preț. Să-ți fie cald și bine, chiar dacă nu pentru totdeauna. Uneori e suficient să iei cu tine amintiri, ca să reziști o viață unor iubiri neîmplinite. Uneori, trăiești clipa. Contează doar să o trăiești lângă cineva care te va invita la veșnicie. Și contează să nu regreți. Nicio clipă să nu regreți că s-a întâmplat, că nu ai ținut cont de visuri, de lume. Trăiește viața și la fel trăiește dragostea pentru cineva, pentru că deseori e mai multă viață decât dragoste și e păcat să existi știind că nu ai iubit la timp. Speră, luptă și primește plăcere de la un prezent care e al tău. Trăiește povestea ta. Simte iubirea ta. Și atunci când vei spune că ai iubit total, să știi că nu ai iubit nici cu a suta parte din ceea ce poți și ce ești. Și nu-ți fie teamă de trecut. Pentru că fiecare dragoste își are rostul ei. Lecția ei. Prezentul ei.

NICIO CLIPĂ **SĂ NU REGREȚI** CĂ S-A ÎNTÂMPLAT, CĂ NU AI ȚINUT CONT DE **VISURI,** DE LUME. **TRĂIEȘTE VIAȚA** ȘI **TRĂIEȘTE DRAGOSTEA** PENTRU CINEVA. DESEORI E MAI MULTĂ VIAȚĂ DECÂT DRAGOSTE ȘI **E PĂCAT SĂ EXIȘTI** ȘTIIND CĂ **NU AI IUBIT LA TIMP.** SPERĂ, LUPTĂ ȘI TRĂIEȘTE-ȚI PREZENTUL. **TRĂIEȘTE POVESTEA** TA. **SIMTE IUBIREA TA.** ȘI ATUNCI CÂND VEI SPUNE CĂ **AI IUBIT** TOTAL, **SĂ ȘTII** CĂ NU AI IUBIT NICI CU A SUTA PARTE DIN CEEA CE POȚI ȘI CE EȘTI. **NU-ȚI FIE TEAMĂ** DE TRECUT. PENTRU CĂ FIECARE POVESTE DE DRAGOSTE ÎȘI **ARE ROSTUL EI.**

Ne dorim să fim cu fiecare zi mai puternici, mai buni. Dar atunci când avem putere, nu-i așa că dorim să o împărțim cu cineva? Suntem gata să sacrificăm orice pentru a trăi o victorie, pentru a fi fericiți. Dar atunci când victoria e în mâinile noastre, nu-i așa că dorim să o împărțim cu cineva? Ne trăim tinerețea alergând după realizări, după merite și aplauze. Dar atunci când atingem rezultatul dorit, nu-i așa că dorim să-l împărțim cu cineva? Nu-i așa că am vrea să auzim, încet, dar atât de familiar, palmele ce vor aplauda și o voce ce va șopti dulce „mă invidiez pe mine însămi pentru că te-am întâlnit, iubitule" sau „ești seninătatea mea, iubito". Orice ne-am dori, nu vom putea realiza nimic singuri și nu ne vom putea bucura de nimic. Singuri suntem doar un rucsac plin de laude, de realizări, de victorii sau înfrângeri. Ne este predestinat să găsim pe cineva ca să împărțim din tot întregul nostru. Din fericire. Din tristețe. Din dragoste. Din noi.

Se zice că totul e în sufletul nostru. Dar sufletul, nu-i așa, că doare când rămânem singuri? Nu caută liniște alături de alt suflet? Nu încearcă să se umple de fericire, oferind și primind din ea? Dincolo de un suflet gol, e alt suflet gol. De la trăirea lor împreună apare dragostea.

Se zice că totul e în mintea noastră. Dar mintea și gândul nu tânjesc deopotrivă după un nume de om, după niște amintiri, după o poveste de dragoste? Nu ne gândim oare la fericire doar dacă ne-o imaginăm alături de cineva? Oricine ar fi acel cineva. Suntem liberi să gândim cum vrem și de asta ne gândim la omul nostru.

Se zice că totul e în mâinile noastre. Dar degetele nu caută atingerea altor degete? Nu vor să îmbrățișeze un om fericit? Nu vor să spună printr-un gest „adio" și prin altul „mai rămâi"? Chiar dacă am avea sufletul plin de lumină, cugetul senin și în mâinile noastre ar sta o lume, tot am dori un singur lucru. Am vrea să împărțim și sufletul, și gândurile, și mâinile cu cineva. Am dori să știm că avem cu cine sta de vorbă, pe cine iubi, la cine ne gândi și pe cine îmbrățișa.

SE ZICE CĂ
TOTUL E
ÎN MÂINILE
NOASTRE.
DAR MÂINILE
NOASTRE
ÎN MÂINILE
CUI SUNT?

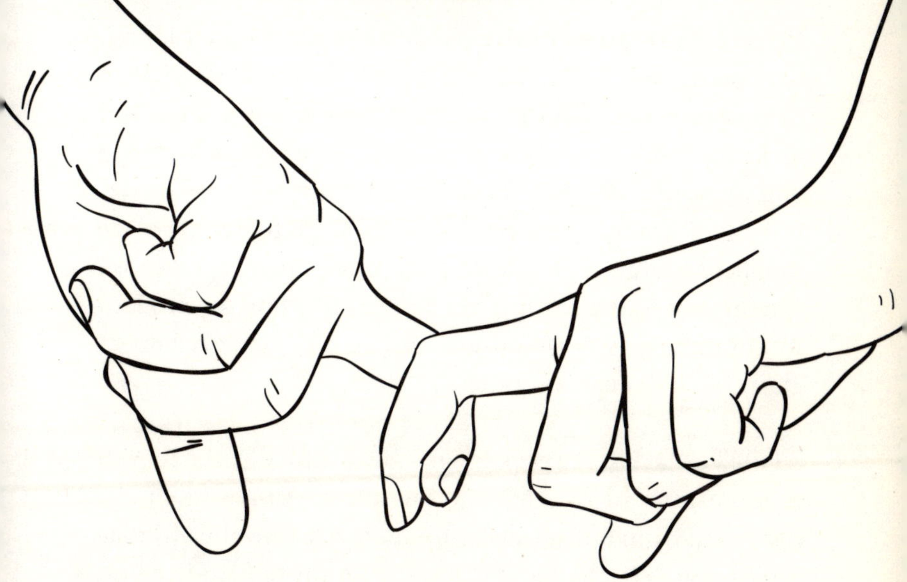

În viață contează să iubești. Mai contează și să fii iubit. Și, cel mai important, contează să știi că viața de la o iubire la alta merită trăită. Din plin. Fără să irosești o clipă pe lucruri care în scurt timp nu vor mai conta. Fără să regreți. Lucrurile mari se întâmplă fără să ții cont de timp, iar momentele frumoase se trăiesc dincolo de tristeți și de oameni mici.

Fiecare își impune limite și fiecare le încalcă mai târziu. Sau poate nu le încalcă niciodată. Mulți însă uită că dragostea nu are limite, pe când viața le are și dacă vrei să le combini pe ambele e necesar să știi când să mergi mai departe și când să te oprești. Dacă într-o viață de om ți-e dat să iubești zece femei, iubește-le pe toate, dar să fie dragoste adevărată. Dacă nu poți, mergi înainte. Dacă vei întâlni zece bărbați și toți vor fi lacomi, scapă de ei. Dacă nu, oprește-te la cel mai bun. Viața e o consecutivitate de alegeri. Cum alegi, așa trăiești.

Ai ceea ce faci. Ceea ce înțelegi, transformi. Ceea ce iubești te reprezintă. Îți plac femeile de ocazie? Atunci fii cu ele, dar să știi că mai mult decât un afemeiat nu vei fi. Îți plac doar banii unor bărbați? Perfect. Însă nu te plânge că nu ai parte de iubire. Vinul ieftin e pentru oameni ieftini, iar tot felul de restricții impuse sufletului sunt pentru cei plini pe dinafară și goi pe dinăuntru. Viața înseamnă o mulțime de emoții. Nu le trăi pe cele fără rost. În viață e important să iubești. E important și să fii iubit. Și, dincolo de asta, contează să înțelegi că viața este prea lungă pentru o mie de iubiri și prea scurtă pentru o unică și adevărată iubire.

Contează să știi că viața de la o iubire la

alta merită trăită.

Din plin.

Fără să irosești o clipă pe lucruri

care în scurt timp nu vor mai conta.

Fără să regreți.

Lucrurile mari

se întâmplă fără să ții cont de timp, iar

momentele frumoase se trăiesc dincolo

de tristeți și oameni mici.

RĂTĂCIREA

E complicat să vezi cine vrea primul să vină într-o relație. E complicat să știi cum vor merge apoi lucrurile, cine va iubi mai mult, cine va oferi mai mult, unde vor ajunge doi oameni pentru care „noi" înseamnă cel puțin la fel de mult ca ,,tu" și ,,eu". Bărbații și femeile vor trăi diferit o relație, chiar dacă o vor trăi împreună. Unii o vor percepe ca pe un moment de-o viață, alții ca pe o destinație spre fericire. Doar că uneori o relație nu ține o viață și nici fericită nu este. Atunci, precum se obișnuiește într-o lume în care lucrurile nu se repară, ci se aruncă, cei doi se despart, pleacă fiecare cu universul lui și cu o parte din universul celuilalt. Despărțirea însă e diferită și ea. Bărbații, puși mereu să compare relații, întotdeauna se vor întoarce. Sau vor dori asta. Femeile, gata să sufere ani întregi după o relație, nu se vor întoarce niciodată.

Bărbații se întorc întotdeauna. Pleacă, petrec sau suferă în tăcere, analizează, compară relațiile avute înainte, își amintesc, stau cu fotografia ei în dormitor, vorbesc cu prietenii ei, merg în călătorie undeva departe, să uite. Apoi se întorc. E peste puterile unui bărbat să rupă din el și să trăiască cu asta toată viața. Să vadă cât de fericită este ea și că nu poate fi astfel lângă el. Să o vadă de mână cu altcineva. Să știe că nimic nu va mai fi la fel. Bărbații se întorc pentru că în viață iubesc de prea puține ori. Iar atunci când nu iubesc, nu pot simula. Așa că revin la femeia pe care au iubit-o cel mai mult. Se întorc la fericirea pe care au trăit-o alături de ea. La viitorul pe care și l-au imaginat alături de ea. Se întorc și se regăsesc.

Femeile pleacă pentru totdeauna. Înainte de asta luptă, construiesc, se oferă celuilalt, iar când totul e în zadar, pleacă. Atunci suferă, plâng, își aduc aminte, retrăiesc momente, păstrează în suflet o bucată din el, dar nu se întorc. Pentru o femeie e prea simplu un „iartă-mă!" și prea complicată o continuare a unei agonii. O femeie nu-și va permite să fie doar un trofeu în patul unui bărbat. Și mai ales să fie alături din deprindere, nu din dragoste. Ea va dori să plece cu tot ce a venit. Cu tot ce a investit în acea relație. Femeile pleacă pentru că nu mai pot, pentru că nu mai văd un viitor, pentru că pur și simplu s-au săturat să lupte. Nu se întorc, pentru că înțeleg că totul s-ar repeta cu exactitate. Pentru că vor să fie libere. Să iubească din nou, dar diferit. Pleacă și lasă loc unei viitoare iubiri.

UNEORI O RELAȚIE **NU ȚINE** O VIAȚĂ ȘI NICI FERICITĂ NU ESTE. ATUNCI, PRECUM SE OBIȘNUIEȘTE ÎNTR-O LUME ÎN CARE LUCRURILE **NU SE REPARĂ, CI SE ARUNCĂ,** CEI DOI SE DESPART, PLEACĂ **FIECARE CU UNIVERSUL LUI** ȘI CU O PARTE DIN **UNIVERSUL CELUILALT.**

Atunci când dragostea devine o iluzie, crescută din așteptări și reproșuri, prezentul devine un preambul pentru ceea ce va urma: despărțirea. Nimeni nu este scutit de riscul de a-și pierde viața în detrimentul dragostei. Și doar atunci când cineva ajunge să-l numești lumea ta, lucrurile se schimbă cu viteza luminii. Ea devine unica, singurul cititor de suflet, un răspuns la toate căutările și femeile trecute prin așternut. Totul e frumos, prea frumos, până în momentul în care ceva se rupe, până în momentul unei deziluzii. E de neînțeles cum dintr-o fărâmă de nebunie dragostea se poate transforma în ură.

Când dragostea se va trasforma în rutină, iar rutina în reproșuri zilnice, el nu va ști ce să facă altceva decât să înjure clipele de fericire. Va căuta să o impună să se răzgândească, iar când va înțelege că e imposibil, va fugi la alta. Nu înainte să-i spună cât de special a fost el în viața ei. Fără să-i pese că alături de ea s-a trezit dimineți în șir și tot ea l-a scos din iad. Acesta e sfârșitul imaginat de el, un scenariu scris greșit.

Ea va uita peste noapte cine i-a fost alături, cui i-a spus „te iubesc" și pentru cine ar fi putut renunța la tot. Va face din el un exemplu de lașitate și slăbiciune, un răspuns la toate neajunsurile din relația lor. Ea va acuza, va căuta să ignore până și amintirile cu el. Își va promite să nu mai dea în viață de altul ca el, pentru că el doar a profitat de ea, fără să-i pese că doar lângă el a putut să dea o definiție fericirii. Acesta e sfârșitul unei relații pentru ea, un capăt de drum.

Dragostea nu se înjură, chiar dacă ea nu mai este frumoasă ca la început. Chiar dacă bărbatul va deveni un laș și femeia o nesuferită, învinovățindu-se reciproc. În dragoste este absurd să te învinovățești de toate nimicurile. Dacă s-a terminat dragostea, asta e. Nepotrivit ar fi să se termine însă și respectul. Atunci vei înțelege că nu a fost dragoste. Altfel, dacă iubești cu adevărat nu te resemnezi, nu accepți, dar nici nu îți pare rău. Lupți. Demonstrezi că se poate. Dacă nu se poate, mulțumește. Femeia asta putea săruta pe altcineva și iubi alt bărbat, dar te-a sărutat și te-a iubit pe tine. Despre dragoste nu se strigă. Nu se aruncă cu vorbe grele. Nu se acuză. Nu se uită ce a fost. Chiar dacă dragoste mai este sau a expirat și ultima picătură. Iubiți-vă în prezent, prețuiți fiecare clipă împreună, trăiți dragostea, trăiți pasiunea. Atunci, cel mai probabil, ea nici nu va căuta altceva și el nu va găsi altceva. Pentru că se vor fi găsi unul pe celălalt.

ATUNCI CÂND DRAGOSTEA DEVINE O ILUZIE,
CRESCUTĂ DIN AȘTEPTĂRI ȘI REPROȘURI, PREZENTUL
DEVINE UN PREAMBUL PENTRU CEEA CE VA URMA:

D E S P Ă R Ț I R E A .

Poveștile de dragoste nu se consumă în totalitate nici după ce iau sfârșit. Nu vei găsi altul la fel și nici nu vei dori acest lucru. Uneori însă nu e totul așa cum îți dorești și omul care odată era totul pentru tine poate deveni un străin. Îl vei purta în inimă, îl vei trăi prin amintiri, dar nu va fi alături. El va pleca. Tu vei suferi mult, e ca și cum ți-ai lua rămas-bun de la o parte din tine. Chiar dacă prietenii îți vor spune că nu se merită, nu îi vei asculta. Vei dori înapoi ceea ce odată era al tău. Iubești? Ești fericită? Vei acuza oamenii care-ți vor răspunde. Nu-i vei înțelege pe unii și-i vei respinge pe alții.

Nimic nu îți va putea liniști frica de a fi singură. Pentru că sunt oameni după plecarea cărora vrei să fii singură. Și atunci îți este teamă de cea care ești. Da, mulți îți vor spune că fiecare are lumea lui, că trebuie să mergi înainte, că nu a fost al tău și că viața îți va oferi alte momente frumoase. Să știi că așa și este. Vei avea aceste momente, vei merge înainte. Dar nu trebuie să te prefaci că acest bine l-ai știut dintotdeauna. A fost odată un om. L-ai iubit. El nu mai este. Și tu nu mai ești la fel.

Sunt oameni după plecarea cărora ai vrea să pleci și tu cât mai departe. Să o iei de la început, fără drame, fără suferință, fără alte începuturi. După plecarea lor îți vei schimba viața, de cele mai multe ori spre bine. După plecarea lor vei înțelege cât de mult contează momentul și că toate momentele adunate împreună alcătuiesc viața. În urma lor tu vei fi mai puternică, mai liberă, mai hotărâtă. Sunt oameni care pleacă și iau cu ei partea cea mai plângăcioasă din tine, cea mai tristă, cea mai rezervată. Îți iau regretele și dorința ta să fii mereu pe planul doi. Îți iau fricile și dragostea ta suferindă. Tu rămâi altfel, tu ești altfel, tu iubești altfel. Sunt oameni după plecarea cărora plângi și oameni care te lasă zâmbind. Ei toți te vor învăța un lucru: ești diferită și trebuie să trăiești diferit. Fără regrete. Frumos. Cald. Din dragoste.

Dacă cineva îți va spune că iubești în zadar, să nu-l asculți. Dacă cineva îți va spune că trebuie să iubești doar dacă dragostea se împarte la doi, să nu îl asculți. Dacă cineva drag va pleca de lângă tine după o lună, un an sau o viață, să știi că așa a fost să fie. Dar nici pe el să nu îl asculți, când îți va spune să-l uiți. Pentru că îl vei iubi la fel de mult. Dacă vei iubi o viață și vei avea omul drag alături doar pentru o zi, să iubești în acea zi cât pentru o viață, ca să îți amintești apoi mirosul parfumat al fericirii. Dar să nu încetezi să iubești. Cum știi tu. Cum poți tu.

Doar iubind vei da la o parte timpul și oricare prejudecată. Vei fi un om diferit. Îți vor lumina ochii și dorințele vor deveni plăceri ascunse. Vei putea să oferi deschis și fără a cere nimic în schimb. Da, când ceri, nu iubești și când iubești, nu ceri. Te vei trezi cu un scop, departe de cel personal: vei dori din toată inima să-l faci pe omul drag fericit. Nu contează cum, fie și oferind un zâmbet. Vei susține, din umbră sau de aproape. Vei trăi emoțiile celuilalt, tristețea și bucuria lui. Ce poate fi mai sacru decât să simți ce simte alt om, să te regăsești și să respiri același dor? Vei fi alături, veți împărtăși un gând și o dorință. Dacă îți va răspunde, va fi frumos. Dacă nu, vei ști că oricum e frumos să iubești.

Dragostea nu se impune. Iubești pentru că așa îți dictează inima. Pentru că te regăsești în frumusețea, gesturile și cuvintele unui om. Pentru că ai vrea să îl vezi și să îl faci fericit o viață. Această stare merită toată așteptarea din lume. Cei care cred că e absurd, probabil că niciodată nu au iubit sincer. Nu au trăit momente de dăruire, de atașament, de regăsire. Da, este minunat să iubești responsabil, însă dragostea e mult mai frumoasă cu o doză de nebunie. Cu lipsa de control și în același timp cu senzația că toată lumea e în mâinile tale. Așa că dacă cineva îți va spune că iubești în zadar, să nu-l asculți.

DACĂ **CINEVA** ÎȚI VA SPUNE CĂ **IUBEȘTI ÎN ZADAR**, SĂ NU-L ASCULȚI. DACĂ CINEVA ÎȚI VA SPUNE CĂ TREBUIE SĂ IUBEȘTI DOAR DACĂ **DRAGOSTEA** SE ÎMPARTE LA DOI, SĂ NU-L ASCULȚI. DACĂ CINEVA DRAG **VA PLECA** DE LÂNGĂ TINE DUPĂ O LUNĂ, UN AN SAU O VIAȚĂ, SĂ ȘTII CĂ **AȘA A FOST SĂ FIE.** DAR NICI PE EL SĂ NU-L ASCULȚI, CÂND ÎȚI VA SPUNE SĂ-L UIȚI. PENTRU CĂ ÎL VEI IUBI LA FEL DE MULT,

NU-I AȘA?

Poţi să pleci. Să iei cu tine o bucată de suflet, ciorapii și lenjeria aruncată pe pat. Să fugi departe și glasul tău să rămână o amintire vie când voi încerca, din deprindere, să te îmbrățișez dimineața. Să revii doar atunci când pregătesc cafeaua. Dar să revii. Poţi să mă înșeli cu dragostea și cu bucata de pernă întoarsă pe dos. Poţi să-mi spui să nu îţi mai sărut fruntea cu grijă și nici să te întreb ce-ai făcut toată ziua. Poţi să nu mă mai privești cu zâmbetul în ochi și să nu-ţi mai văd buzele mimând un „te iubesc". Poţi să taci, putem să nu mai pornim să ne citim sufletele. Dar să revii. Poţi să nu mă lași să intru în tăcerea și întunericul tău. Poţi să devii rece, mai rece ca o bucată de gheaţă adusă de la poli. Poţi să uiţi cine-am fost și să îţi reamintesc asta în fiecare zi. Dar să revii. Pentru că îţi voi ierta totul, în afară de absență. Îți voi ierta tăcerea, vocea aspră, trecutul și palmele reci, dar nu și absența. Rămâi.

Ne pornim să căutăm colțul de lume unde să trăim o viață. Îl găsim, încercăm să adăugăm de fiecare dată frumusețe și culoare, apoi plecăm, iar la întoarcere îl aflăm schimbat. Fugim după dragostea vieţii fără a ști că ea este chiar lângă noi. Ne regăsim în cuvintele și îmbrățișarea omului drag și abia atunci fericirea e la ea acasă. Nu banii, nu vacanța de cinci stele sau casa de pe litoral ne fac să ne regăsim, ci un simplu „îți sunt alături" spus de cel căruia i-am oferi și bani, și vacanță, și tot. Dragostea e atunci când te lași de tine și te apuci de noi. Când treci peste toate și păstrezi în tine un colț de lume fericit. Când cuvintele tale ar vrea să spună cu toată puterea unui mesaj: „Pentru mine, tu ești căminul cel mai cald. Pentru mine, tu ești acasă".

Nu-ți fie frică să cauți și să pierzi. Nici să găsești și să nu mai cauți. Nici să oferi pentru asta o viață. Ce este al tău, al tău va fi. Cine e jumătatea ta nu va pleca nicăieri, nici când va veni momentul să-ți mângâie ridurile de pe obraz. Femei și bărbați, ne batem capul cu relații expirate demult, retrăind momente de altădată. Dragostea cu miros de mucegai ne transformă în niște atei gata să schimbe lucrurile frumoase într-o mocirlă de regrete și neajunsuri și poate și mai rău, în ură. Dar nu. Trăiește fiecare moment, clipă, secundă, bucată de timp și bucură-te. Iubește omul de lângă, din prezent.

El o iubește pe ea, ea iubește pe altcineva. În lume găsești o mie de tipuri de dragoste și o mie de tipuri de indiferență, dar care nu se vor asemăna. Unii caută o viață, găsesc și lasă. Unii iubesc necondiționat. Unii trăiesc sincer un moment de dragoste, dar fără o șansă de răspuns. Te îndrăgostești fără să vrei și la fel de imprevizibil un alt om se îndrăgostește de tine. De multe ori nu este vorba despre una și aceeași persoană. Atunci trăiești o singurătate în doi. Atunci speri să găsești pe cineva sau dacă l-ai găsit, îl vrei alături. Atunci înțelegi cât de crudă e viața, când nu poți face nimic.

Cel mai trist e atunci când vrei să schimbi ceva, dar nu poți. Când vrei să fii erou, dar nu pentru omul de alături. Când iubești, și nu e reciproc. Când ești lângă un om, dar te gândești la altul. Sau suferi. Sau speri. Atunci când îți dorești cu ardoare să îmbrățișezi pe cineva, când încetezi să numeri orele, pentru că timpul devine o așteptare continuă. Se zice că fericirea este atunci când omul de alături e și omul din inimă. Să trăiești în doi fără iubire e ucigător. E momentul de dimineață când trezindu-te, săruți un străin. E momentul de seară când faci dragoste cu un necunoscut. E momentul dintotdeauna când gândul îți zboară undeva departe, în trecut. Ce ar fi însă să fie timpul potrivit și oamenii potriviți. Să poată pune timpul câte doi oameni alături, femeie și bărbat, și să le ofere veșnicia. Și siguranța că ziua de mâine îi va găsi tot împreună, iubindu-se. Dar poate asta e și dragostea, ca și suferința. Ambele nu țin cont de cine e alături. Te lovesc în plin și uneori pe viață.

Ceea ce nu trăiești la timp, nu mai trăiești niciodată cu aceeași intensitate. Da, dragostea e veșnică când o simți din inimă, dar până și dragostea are termen de valabilitate când lucrurile nu sunt reciproce. Emoțiile se pierd în timp, doar amintirile rămân, dar ele nu vor putea înlocui setea de-o iubire sinceră. Unii lasă, alții se întorc. Unii fac minuni în numele dragostei, alții înjură. Și doar cei cărora nu le pasă de timp și dorințe neîmplinite, vor fi fericiți. Vor ceda și vor iubi sincer. Ceilalți se vor simți împliniți pentru o clipă, apoi vor regreta. Deoarece nu li se îndeplinesc dorințele și nici timp nu mai au.

Cei care iubesc și lasă nu vor ști să țină fericirea alături. Cei care iubesc și strigă că nu merită dragostea, de fapt nu înțeleg că într-o zi ar putea trăi numai cu acest adevăr dureros. Cei care iubesc și suferă nu vor putea oferi mai mult decât nefericirea lor. Cei care iubesc și găsesc pretexte vor transforma dragostea în cel mai bun motiv de a trăi neliniștiți o viață.

Când tu vei avea remușcări, eu nu voi mai avea putere pentru a mă întoarce. Nici chef. Când tu vei avea dorință să construiești, eu nu voi mai avea dorință să lupt. Când tu vei avea timp, eu nu voi mai folosi bătăile inimii ca să număr secundele cu ele. Când tu vei avea timp pentru mine, eu nu voi mai dori să încerc, să fiu, să te am. Nu va mai trebui să-mi vindec rănile ce mi le-ai făcut cu prezența ta. Când tu vei avea dorință, eu nu voi mai avea timp.

Felul în care înţelegem dragostea e diferit. Felul în care simţim dragostea e mereu același. Nu toate iubirile sunt predestinate să lupţi pentru ele, în schimb pentru cele adevărate merită să te schimbi, să faci mai mult, să fii gata de orice. În dragoste nu există incertitudini. Nu există ideea că azi lupt, și mâine nu, azi iubesc, și mâine iau o pauză. E mai mult decât un moft personal sau o dorinţă de moment. E totul sau nimic.

Multe relaţii se rup înainte să înceapă cu adevărat. Și mai multe se destramă atunci când lucrurile păreau că merg cel mai bine. Pentru că și în unele, și în celelalte nu a fost destulă dorinţă, în schimb a fost prea multă teamă. E prea ușor să-ţi fie frică și să lași. Să cedezi fără să încerci. Să dai înapoi fără să lupţi. Așa procedează lașii, iar în dragoste nu este loc pentru lașitate.
Teama de cum va fi persistă chiar și când zici că mergi cu ochii închiși după omul tău. Pe lângă voi, vor fi alţii care se vor da cu părerea. Vor spune că nu puteţi. Vor zice că nu sunteţi făcuţi unul pentru celălalt. De parcă ei știu ce înseamnă să fii făcut unul pentru celălalt. Așa că ia-o frumos. Trăiește frumos. Încearcă frumos. Vei avea tot

timpul din lume să dai înapoi dacă nu e ceea ce ai căutat, însă nu vei putea întoarce timpul dacă nu îl trăiești când trebuie și lângă cine trebuie.
Astfel, momentele de nebunie se leagă cu momentele de viaţă. Iar momentele de viaţă pline de dragoste sunt cele mai frumoase.

În dragoste să nu te temi. Nu-ţi fie frică să experimentezi, să treci dincolo de bariere, să lupţi. Nu te teme că el sau ea nu ţi se potrivește perfect. Ce este al tău, al tău va fi, oricum. Cine e omul tău nu va pleca nicăieri, nici când va veni momentul să-ţi mângâie ridurile cu drag. În cel mai rău caz, bucură-te că a fost.
Până acolo însă, ai de încercat o sută de modalităţi de a face relaţia să meargă. Totul e mai simplu decât crezi. Înainte să spui ceva, întreabă-te: ne va apropia asta sau nu? Ceea ce faci sau vorbești va crea momentele de dragoste și liniște sau nu? Dacă da, e bine. Dacă nu, întreabă-te: de ce ești în această relaţie?

Oricât de puternici nu ați fi, nu vă despărțiți de cei pe care-i iubiți. Doar omul la care ții și care te iubește poate să te ducă în cea mai fericită lume și să te scoată din cel mai urât iad. Iubirea nu este o joacă, căci nu te poți juca cu viața a doi oameni. Iubirea este un răspuns, este decizia de a fi alături puternic și iubind. Când iubești, trăiești. În rest, exiști. Așa că, în dragoste să nu te temi că nu va merge. Să-ți fie teamă că nu ai încercat.

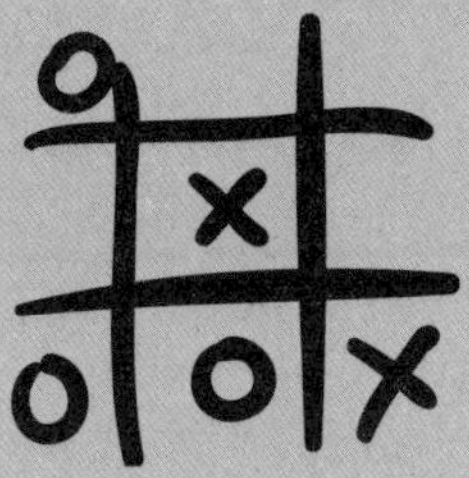

ÎN DRAGOSTE NU EXISTĂ INCERTITUDINI.

NU EXISTĂ IDEEA CĂ AZI LUPT, ȘI MÂINE NU,

AZI IUBESC, ȘI MÂINE IAU O PAUZĂ.

E MAI MULT DECÂT UN MOFT PERSONAL

SAU O DORINȚĂ DE MOMENT.

E TOTUL SAU NIMIC.

Există o doză de amăgeală în fiecare dintre noi, în fiecare dintre oamenii pe care-i iubim, în fiecare relație în care suntem implicați sau pe care ne-o dorim. Dar există și o doză de speranță, una de iubire și alta de efort. Nimeni dintre noi nu e gata să iubească total, așa cum nimeni nu poate să uite până la ultima amintire. Sau să ofere totul. Lucrurile se întâmplă fiind supuse unui control riguros al timpului. Astăzi putem iubi pe cineva și mâine îl putem considera inamic. Astăzi încercăm să construim și mâine distrugem. Astăzi suntem noi și mâine altcineva ne ia locul. Pentru că nimic nu durează la nesfârșit. Dincolo de emoții, de dragoste, de omul iubit chiar, sunt limite. Unele puse de noi, unele trăite involuntar. Important e nu pentru cine le aplici, dar pentru cine le depășești.

Sunt oameni pentru care nu mai putem simți nimic. Între ei și noi se naște o prăpastie de neîncredere și indiferență. Fie că am luptat prea mult, fie că am iubit prea puternic sau că nu am cunoscut destul acel om, ceva se rupe într-o bună zi. Chiar dacă prin natura noastră suntem dispuși să iertăm multe, să iubim oameni nepotriviți sau să ne jertfim pentru cineva, un singur lucru ne oprește într-un final: singurătatea. Teama de singurătate transformă limitele în ziduri aflate între inima lui și inima ei. Atunci chiar dacă ai iubit mult și chiar dacă mai iubești, nu mai poți. Și nu mai vrei. Iar lipsa dorinței de a construi împreună cu cineva o lume înseamnă sfârșitul.

În fiecare dintre noi există o limită. După ea nu mai suntem nici noi, nici oamenii de alături. Dragostea are partea ei de suferință, de nebunie, de ușoară detașare de realitate, dar niciodată dragostea nu a avut și un izvor nesecat de răbdare. Nu poți să aștepți o viață ca să fii iubit, cum nici nu poți să aștepți o viață ca să iubești. Dragostea e alcătuită din fapte, emoții și fericire. Nu poate exista dragoste fără încrederea aproape oarbă în celălalt, cum nu poate exista dragoste fără regretele sau gândurile de după ea. Dar și înainte, și după există ambiția de a fi acolo și de a-l vedea acolo și pe celălalt. Dacă celălalt nu este, așteptăm. Ne jertfim timpul pentru că sperăm să vină și timpul iubirii noastre. Luptăm, plângem, acordăm a doua șansă, a treia, a zecea, transformăm așteptarea în disperare și încet ajungem la limită. Dincolo de ea nu este cale de întoarcere. Nu este altă șansă. Nu este nimic. Renaștem din cenușa dragostei și suntem gata să iubim mai mult ca niciodată. Însă nu pe același om, dar dincolo de-aceleași limite.

SUNT OAMENI PENTRU CARE NU MAI PUTEM SIMȚI NIMIC. ÎNTRE **EI ȘI NOI** SE NAȘTE O PRĂPASTIE DE NEÎNCREDERE ȘI INDIFERENȚĂ. FIE CĂ **AM LUPTAT PREA MULT,** FIE CĂ AM IUBIT PREA **PUTERNIC** SAU CĂ NU AM CUNOSCUT SUFICIENT DE BINE ACEL OM, CEVA SE RUPE ÎNTR-O BUNĂ ZI. ATUNCI **NU MAI POȚI** ȘI NU MAI VREI **NIMIC.** IAR SĂ NU DOREȘTI SĂ CONSTRUIEȘTI O LUME **ÎMPREUNĂ** CU CINEVA ÎNSEAMNĂ **SFÂRȘITUL.**

Sunt oameni care nu pot iubi altfel decât adevărat și nu pot ține la cineva altfel decât sincer. Ei nu-și vor permite să lase pe oricine să intre în viața lor și mai ales în inima lor. Vor căuta cu grijă un suflet pereche. Uneori ani, uneori o viață întreagă. Uneori se vor mulțumi cu gândul că au căutat. Însă atunci când vor găsi, vor oferi mai mult decât ar putea primi de la o lume întreagă. Vor lăsa deoparte un gând singuratic și vor trăi în doi și pentru doi. Vor iubi, iar asta atât de puțini o pot face sincer. Însă sunt și oameni care pot face scrum într-o singură zi toată dragostea asta. Construiesc ani de zile și apoi parcă se rupe ceva într-o clipă. Fie se plictisesc, fie nu știu ce vor... Ei nu se mai recunosc. Devin săraci sentimental și goi pe dinăuntru. Devin doi străini care încă se mai țin de mână.

Sunt oameni care-și jură dragoste pentru toată viața și, într-un moment de inconștiență, calcă în picioare tot ce a fost. Uită că fericirea fiecăruia e numele celuilalt, că până nu demult orele de tandrețe se împărțeau la doi și că nimic, dar absolut nimic nu va putea înlocui amintirile. Ei vor lăsa din prostie și vor iubi din deprindere.

Sunt oameni care se iubesc extrem de mult și, într-o clipă, devin reci, clipa asta însemnând o viață de om. Uită că aveau visuri comune și uită să mai asculte, deși fiecare ar avea atâtea de spus. Ei vor respinge din plictiseală și se vor apropia din obișnuință.

Sunt oameni care doresc enorm pe cineva alături și lasă. Uită că ieri ea îl ruga să mai stea puțin și el îi promitea că va fi mereu acolo, alături. Că tot ce a fost nu a fost o glumă și nici măcar o aventură. Că prea mult au căutat și atât de greu au găsit. Ei vor ignora din amuzament și vor dori din pasiune.

Sunt oameni care iubesc și trădează. Așteptări. Ani buni de căutare. Dorințe neîmplinite. De altfel, toate comune. Uită că poți să mori de dor. Uită că poți să suferi de durere. Uită că dragostea o trăiești și apoi lupți pentru ea. Că fericirea o simți și apoi faci orice să o menții. Ei vor uita din prea mare efort și vor ține minte din prea multe amintiri.

SUNT OAMENI CARE **IUBESC ȘI TRĂDEAZĂ.**
AȘTEPTĂRI.
ANI BUNI DE CĂUTARE.
DORINȚE NEÎMPLINITE.
DE ALTFEL, TOATE COMUNE.
UITĂ CĂ POȚI SĂ MORI DE DOR.
UITĂ CĂ POȚI SĂ SUFERI DE DURERE.
UITĂ CĂ DRAGOSTEA O TRĂIEȘTI
ȘI APOI LUPȚI **PENTRU EA.**
FERICIREA O SIMȚI
ȘI APOI **FACI ORICE** CA SĂ O MENȚII.
EI VOR UITA DIN PREA MARE EFORT
ȘI VOR ȚINE MINTE DIN PREA MULTE AMINTIRI.

Bărbat fiind, vei întâlni multe femei în viața ta. Pe unele le vei iubi frumos. În urma altora vei alerga nebun. Cu multe vei gusta din plăcerile lumești. Și cu puține din amintirile de suflet. Vei deveni bărbat alături de-o femeie și vei rămâne un copil naiv lângă o alta. Îți vei dori nopți nedormite cu multe femei. Discuții calde cu unele dintre ele. Și o familie cu una singură. Cu femeia ta.

Ai întâlnit-o într-o zi ca toate celelalte și de atunci a devenit cea mai frumoasă zi. Ai întâlnit-o pe o stradă obișnuită și de atunci a devenit strada voastră. Te-a înțeles din prima și-ai fi jurat că e sufletul tău pereche. Și dacă pe altele le ascultai grăbit, cu ea ți-era drag și bine să vorbești despre orice. Pur și simplu totul era diferit. Nu-ți era greu să te trezești mai devreme ca să-i pregătești cafeaua. Nici să o suni de nenumărate ori în timpul zilei. Nici să o aștepți seara la stație. Și dacă restul miroseau a femei, ea mirosea a flori de primăvară. A speranță. Tu o iubeai. Vă completați, iar asta conta mai mult decât orice.

Până în ziua în care ai pierdut-o. Ai căutat-o în multe alte zile ce au urmat. În locurile voastre preferate. În ziua ce a trecut. Pe strada voastră și în alte femei. Te-ai resemnat apoi, înțelegând că dragostea adevărată se trăiește doar o dată în viață. Și se pierde o dată. Așa și nu ai înțeles ce nu a mers, la ce întrebări nu ai răspuns. Poate că ai dorit-o altfel, deși ea era o femeie nevinovată care ți se oferea. Poate că ai înțeles-o diferit, deși ea lângă tine era în atât de multe feluri. Poate că nu ai citit cum trebuie un suflet. Și doar când o vei vedea de mână cu altul, când vei căuta să o îmbrățișezi noaptea și ea nu va fi alături, când îți vei simți sufletul răvășit, atunci vei înțelege. Vei înțelege că ea era femeia ta.

E frumoasă dragostea care se împarte la doi. Și mai frumoasă e cea care nu se împarte în niciun fel, iar ambii construiesc și adaugă zi de zi frumos, pasiune și respect. Unele iubiri însă nu durează veșnic, tocmai din motivul că nici nu au început. Femei și bărbați, gustă din iubire fără a ști că aromele de parfum diferă de la om la om. Unele arome dispar după primul scuturat de cearșaf, iar altele intră sub piele și rămân acolo ca un tatuaj. Astfel, unii ajung să nu-și recunoască fericirea, iar alții să cerșească dragoste cu împrumut.

Tu erai un om. Rătăcit undeva între două amintiri și doi pași de dans, m-ai făcut să cred că ești mai mult decât atât. Ai venit cu farmec și liniște, pe când eu eram nebunul ce mai cucerea femei cărora le uitam numele a doua zi. Ai reușit să vreau să îți găsesc un nume scris pe inimă și altul în minte. Pentru ca la fiecare bătaie de inimă, să mă gândesc la tine. Apoi, ai devenit un prezent, al meu. Ai început să fii parte din ritualul zilelor mele triste, care își colorau pas cu pas pustiul. Eu mă trezesc și te găsesc goală lângă mine.

Știu cum te cheamă și știu că aș vrea să te văd și mâine. Mă amuză umărul tău dezgolit și pașii mărunți pe care îi faci când te duci să pregătești cafeaua. Știu că mă iubești, altfel nu m-ai lăsa să te citesc așa cum ești. Și totuși, nu te observam. Nu te observam când nu te simțeai bine și când voiai să împarți fericirea unui apus cu mine.

Acum, văd apusul, dar nu mai este cel care trebuie. Pe ultimul mi l-ai arătat când îți făceai plângând bagajele, de parcă mă implorai cu ochii să te rog să rămâi. Dar cum, cum să-ți spun că orb fiind, te văd oriunde....

Tu erai un om. Tu erai unul dintre acei bărbați care mi-au admirat corpul, dar și unul dintre puținii care mi-a zis că vrea să-mi cunoască sufletul. Ai apărut pe neașteptate, la fel cum știi să-mi dai un sărut. Ai început să fii parte din prezentul meu când într-o seară mi-ai spus despre tot trecutul și că aici și acum te vezi lângă mine. Am zis că aș sta desculță o viață lângă trupul tău care-și întindea umbra pe malul mării.

Prezentul meu fiind, te iubesc. Mă amuză când te enervezi din nimic și-mi place când devii un copil gata să-și ia jucăria preferată. Tu, bărbat în toată firea, să pui capul la pieptul meu și să adormi liniștit. Îmi place că ești hotărât și știi dinainte niște răspunsuri pe care nu mă încumetam să le aflu până acum. Dar, eu nu te observam. Nu te observam când veneai trist acasă și tăceai, deși aveai atât de multe să-mi spui. Nu te observam când îmi aminteai de rochia roșie pe care mi-ai dăruit-o și că era bine să mai ieșim undeva.
Aș fi vrut să te am aproape, să-mi spui că sunt micuța ta, dar cum, cum să-ți spun că eu aici, departe de tine, te văd oriunde...

Cât de multe gânduri şi dorinţe de a vrea mai mult, mai bun, mai scump sau mai frumos nu ai avea, găseşte puterea şi priceperea să râmâi alături de cel lângă care te simţi liniştit. Regăsindu-te, vei înţelege că eşti parte a unei relaţii deosebite, care nu seamănă cu altele.

Ne întoarcem mereu acolo unde am lăsat o parte din noi. Revenim la acel sărut din trecut, la plimbările nocturne, la momentele în care am râs și la cele în care am suferit. Ne întoarcem schimbați, prea maturi și prea cărunți pentru nebunia unui oraș ce mai este în goană după aventuri de-o noapte. Găsim o lume străină și amintiri uitate de mult. Găsim o iubire mai veche, care cândva a fost totul. Găsim îmbrățișarea lui sau sărutul ei. Și cel mai mult ne regăsim pe noi, fericiții de altădată, tăcuții de acum.

Lăsăm o parte din noi lângă fiecare suflet pereche și loc sfințit de dragoste. Ne încredințăm inima unui om drag și amintirile noastre, strânse împreună, le uităm pe un colț de pat. Trăim viața, o trăim frumos, zi de zi, an de an și cu fiecare moment lăsăm în urmă locuri, oameni, stări, frici, tăceri. Revenim la ele mai târziu. Revenim ca să ne jucăm de-a sinceritatea. Acolo unde am fost liberi și-am trăit libertatea de mână cu altcineva. Unde ne este drag fiecare moment, unde nimeni altcineva decât noi nu ne poate găsi secretele. Ne întoarcem la locuri sfinte nouă ca să iertăm oameni sau să ne putem ierta pe noi. Să recunoaștem că nu mai suntem la fel. Să înțelegem că nimic nu mai e la fel.

Iar asta e frumos. E frumos să știi și să te bucuri de ce a fost și ce ai avut. Pentru că la fel de frumos e să vezi ce ai devenit. Ce ai acum. E frumos să găsești fericirea în prezent. Să regreți doar ceea ce nu ai făcut, să urăști indiferența ta. E frumos să ții minte. Să recunoști ce ai fost altădată. Pentru că așa îți dai seama că te-ai schimbat. Nu contează cum, dar te-ai schimbat. Iar dacă ai curajul să revii la momente din trecut, înseamnă că ai făcut-o spre bine. Ne întoarcem mereu acolo unde am lăsat o parte din noi. Regretele însă ne fac să o luăm de la capăt. Pentru că dincolo de un perete sau de o margine de drum ne așteaptă prezentul. Doi copii care aleargă veseli, o femeie fericită alături, pe care o iubești, o lume pe care o găsești a ta și gândul la un viitor. Unul fericit și atât de bun.
Te-ai schimbat pentru momentul de acum, pentru fericirea de acum, pentru ceea ce ești în prezent.

LĂSĂM **O PARTE DIN NOI** LÂNGĂ FIECARE
SUFLET PERECHE ȘI LOC SFINȚIT DE **DRAGOSTE.**
NE ÎNCREDINȚĂM **INIMA** UNUI OM DRAG ȘI
AMINTIRILE NOASTRE, STRÂNSE ÎMPREUNĂ,
LE UITĂM PE UN COLȚ DE PAT. TRĂIM **VIAȚA,**
O TRĂIM **FRUMOS,** ZI DE ZI, AN DE AN ȘI
CU FIECARE MOMENT LĂSĂM ÎN URMĂ LOCURI,
OAMENI, **STĂRI,** FRICI, TĂCERI. **REVENIM** LA ELE
MAI **TÂRZIU.** REVENIM CA SĂ NE JUCĂM DE-A
SINCERITATEA. ACOLO UNDE AM FOST **LIBERI**
ȘI-AM TRĂIT LIBERTATEA DE MÂNĂ CU
ALTCINEVA.

Am fost a lui. Când mă gândesc la asta, îmi vine în minte o stradă pe care mergi ținând de mână un om drag. La început e mare, luminoasă, un adevărat bulevard. Apoi, cu timpul, devine tot mai îngustă. Nu îți dai seama din prima, tu mergi înainte fără să privești prin părți. Dar strada se transformă în drum de țară, apoi e o cărare, apoi ești nevoită să mergi din urma lui, apoi trebuie să stai într-un picior. Până la urmă, unul nu mai are loc și pleacă. Atunci nu vrei să mai înaintezi. Te culci la pământ și vrei strada înapoi.

Sunt bărbaţi care caută o viaţă întreagă jumătatea lor, o găsesc, o provoacă să renunțe la singurătate și apoi se refugiază în siguranţa unei iubiri măcinate de timp. Ciudat, nu-i așa? După, urmează plimbările sub clar de lună, săruturile, deprinderea, stresul, răbufnirea, strigătele în noapte, iertările, tăcerea. Și așa o bună bucată de vreme, până lumina de la capătul tunelului devine prea mică și prea slabă.

El, în acest timp, o iubește, mai mult decât orice.
Ea vine supărată de la serviciu, îi reproșează că a stat toată

ziua în faţa televizorului, caută de mâncare şi nu găseşte nimic, plânge la un colţ de masă, el o ia în braţe şi e gata să îi ofere toată dragostea din lume, ea se lasă convinsă şi parcă noaptea asta e mai frumoasă ca niciodată. Şi totuşi îşi dă seama că ceva se rupe, încet şi cu o forţă ireversibilă. El consideră totul firesc şi poate uneori chiar îi pare enervant.

El o iubeşte... o iubeşte cu întrebări.

A văzut-o prima oară în lenjerie intimă şi fără sutien, apoi a surprins-o goală prin cameră. O privea mirat când i-a propus să locuiască împreună şi toate astea au devenit un pretext pentru reproşuri. Cu fiecare zi, i se părea că cere mai mult şi oferă tot mai puţin. Ea însă nu îi era datoare cu nimic, ea pur şi simplu i se oferea. Ea avea toate motivele să plece, dar a rămas. A plecat el pe câteva zile fără să îi spună unde, s-a întors schimbat, mai indiferent şi mai închis în sine.

El o iubeşte... şi parcă atât.

Ea ar fi vrut ca el să rupă tăcerea cu strigăte. Să îl lovească cu reproşuri. Se zbătea singură pe uscat, convinsă că aşa e mai bine, convinsă că şi lui îi pasă. El era prea îngâmfat şi rebel ca să mai creadă ceva. Îi va fi dor de fetiţa cuminte şi de doamna frumoasă, îi va fi dor să îmbrăţişeze un suflet de om cu care avea multe în comun, va încerca să întoarcă timpul, să-l remodeleze după nişte amintiri frumoase zăcând prăfuite într-un colţ. Ea îl va ierta, dar nu îşi va mai aminti nimic.

El o iubeşte... sau nu?

A cedat. Şi-a strâns lucrurile şi a plecat. A găsit apoi alte amintiri în ochii unor femei mult mai rebele. Femei cu chipul gri, modelate după lumea ce le înconjoară. Femei pentru care sexul era mai important decât emoţiile, iar emoţiile erau mai vagi decât un răsărit de soare într-o zi cu ceaţă. A iubit, a înţeles, a regretat. Și atât!

TU AI GRIJĂ SĂ NU FIE DOAR ATÂT. **AI GRIJĂ** DE FEMEIA DE LÂNGĂ TINE. ÎNCETEAZĂ SĂ O CHINUI CU **ÎNTREBĂRI** LA CARE NU ÎŢI POATE DA UN RĂSPUNS. MAI BINE **OFERĂ RĂSPUNSURI** BUNE LA ÎNTREBĂRILE EI. DACĂ EA ESTE **PUTERNICĂ,** TU TREBUIE SĂ FII ŞI MAI PUTERNIC. DACĂ EA ÎŢI POARTĂ DE **GRIJĂ,** ATUNCI TU AI GRIJĂ **DE DOUĂ ORI MAI MULT.** LUPTĂ PENTRU EA ŞI PENTRU VOI, **ÎN FIECARE ZI.** ŞI NU ÎŢI CREA IMPRESII CĂ POATE VEI GĂSI **CEVA MAI BUN.** SUSŢINE-O PENTRU CĂ **VREI,** ŞI NU PENTRU CĂ TREBUIE. PENTRU ASTA **TU EŞTI BĂRBAT** ŞI EA ESTE FEMEIE. PENTRU ASTA **EA ESTE FEMEIE** ŞI TU EŞTI BĂRBAT.

Uneori când ești fericită, ai vrea ca fericirea toată să o împarți cu cineva care te iubește. Uneori când te lovesc grijile, ai vrea să nu fugi, dar să mergi liniștită alături de omul căruia i-ai admira lumea și faptele. Uneori tot ce-ți dorești e ca un om drag să se gândească la tine. Uneori închizi ochii și-ți dorești un bărbat de încredere alături. Omul care ar prețui fiecare clipă trăită lângă tine și care ar dori ca această clipă să nu se sfârșească niciodată.

Uneori ai vrea să știi că nu ești singură. Că poți să visezi și în doi. Că ai putea să te pierzi și el te va găsi. Uneori ai vrea să nu te mai zbați, să nu mai lupți atât, doar să te lași moale în brațele lui și să știi că mâine e o nouă zi. Uneori ai vrea să construiești cu cineva o relație, o familie, o viață și să nu regreți niciodată începuturile. Uneori ai vrea să nu-ți fie teamă doar ție, ci și lui. Să nu te îngrijorezi doar tu, ci și el. Să gândiți la fel. Să iubiți cu aceeași intensitate. Uneori ai vrea să taci și să-l asculți. Și să ai ce asculta. Uneori ai vrea nu doar să vrei, dar și să ai. Să te declari un om fericit, pentru că alt om a făcut exact la fel. Uneori ai vrea să nu fie doar uneori.

Uneori pur și simplu vrei să vezi cum bărbatului de lângă tine îi pasă. Cum face planuri despre un viitor în care ești și tu. Cum poate să te îmblânzească sau să te facă furioasă. Cum poate! Uneori ai vrea să înțelegi că relația voastră nu e până mâine sau până când cineva dintre voi s-ar plictisi. Uneori ai vrea să auzi, să guști din promisiuni, fie și neîmplinite. Uneori ai vrea pentru totdeauna. Uneori ai vrea pentru un singur om.

UNEORI AI VREA PENTRU TOTDEAUNA.

UNEORI AI VREA PENTRU UN SINGUR OM.

Mai bine să fim fericiţi decât mândri, nu-i aşa? Să ne consumăm fericirea în doze mari, dar nu mai mari decât fericirea celui pe care-l iubim.
Așa, vom putea să oferim chiar și atunci când cineva nu va mai putea oferi la fel. Sau invers, să primim din dragostea celuilalt atunci când nu vom fi în stare să împărţim. Suntem diferiți în dragoste, ea însă nu poate fi diferită în faţa a ceea ce simţim cu adevărat. Când nu mai simțim, părăsim locul unde am fost iubiți odată. Într-o dimineață târzie, ea va pleca și el o va lăsa să plece.

Ea a plecat. Și-a dat toate sentimentele la amanet și a rămas cu convingerea că poate găsi o lume mai bună. Și-ar fi dorit și altceva, să vadă într-o seară frumoasă cum el îi bate la ușă și din repeziciunea unor cuvinte încropite pe drum, ar fi înţeles un mesaj: „întoarce-te". S-ar fi aruncat în braţele lui, ar fi strigat de fericire unei lumi care niciodată nu i-a înţeles strigătul. El însă a înţeles mai mult. Dacă ar fi uitat cuvintele, ar fi iubit tăcerea braţelor lui, știind că el va fi în stare să descopere secretele unui suflet atât de scump. Plăcut e să te trezești dimineaţa și să îți zâmbească. Dar și mai plăcut e să te trezești dimineața și să ai cui să-i zâmbești. Și dacă zâmbetul s-a oprit undeva între două dimineți, e pentru că revenirea unor gânduri bune era aproape. Ea nu a plecat ca să nu mai revină. Ea a plecat, crezând că el o va întoarce.

El a lăsat-o. Dintre toate dovezile pe care i le putea arăta, a ales să nu arate nimic. Iubind-o la nebunie, găsind în ea atât de multe sensuri ale fericirii lui, nimic nu putea fi mai simplu decât să uite. E-adevărat, bărbații uneori gândesc cu frânturi de emoții și se lasă conduși de frica unei eventuale repetări. Dar poate anume pentru asta oamenii se leagă atât de mult de dragoste. El a înțeles că între oameni și dragoste nu se află doar o replică bună de agățat, că după asta e nevoie de sute și mii de alte replici. Și dovezi. Cifre? Dar dacă iubirea nu mai însemna „el", ci însemna „noi", dacă dovezile nu mai erau o întrebare, ci un răspuns, cum să descifrezi iubirea în cifre și nu în stări sincere. El nu a lăsat-o pentru că nu o iubea. El a lăsat-o crezând că ea va veni.

Lăsăm ceva din noi înainte să părăsim un loc. Rămânem acolo, chiar dacă am plecat. Și sunt lucruri în noi pe care le putem regăsi doar întorcându-ne. Ne întoarcem și ne regăsim. Dar contează ca atunci când căutăm împăcarea cu trecutul să nu lăsăm în prezent ceva din noi, ceva ce vom căuta apoi la fel de mult. Lăsăm ceva din noi înainte să părăsim un loc. Unele locuri însă nu ar trebui părăsite niciodată, pentru că ele îți reaprind dragostea.

Lucrurile frumoase nu se gândesc, ele se întâmplă. Fericirea adevărată nu se gândește, ea se vede. Dragostea sinceră nu se gândește, ea se simte. Suntem proști în dragoste pentru că gândim prea mult, gândim prea multă fericire, gândim prea multă dragoste. Nu părăsim pentru că așa trebuie, ci pentru că în momente de neliniște și singurătate, omul este făcut să vadă cealaltă parte a întregului. Atunci e bine să gândești că a părăsi înseamnă și a te pierde.

Suntem proști în *dragoste* pentru că gândim prea mult, gândim prea multă *fericire,* gândim prea multă dragoste. Nu părăsim pentru că așa trebuie, ci pentru că în *momente* de neliniște și singurătate, omul este făcut să vadă cealaltă parte a *întregului.* Atunci e bine să gândești că a părăsi înseamnă și a te *pierde.*

Ne-am obişnuit să preamărim inexplicabil lucrurile, atunci când iubim. În acel moment de orbire tinzi să idealizezi, să te prefaci, să refuzi starea firească a lucrurilor, preferând iluzia unor momente fericite. Ajungi să te întrebi dacă e corect să iubeşti la nebunie. În rest, e doar o amânare a marii deznădejdi. Chiar şi atunci când săruţi, simţi ceva. Dacă simţi, fără să vrei îţi creezi o atitudine diferită faţă de persoana iubită. Şi atunci nu îţi mai pasă de nimic, contează numai aparenţele. Iar aparenţele distrug realitatea.

Detaliile întotdeauna contează. De fapt, ele contează cel mai mult. Şi atunci când peste câteva luni îţi dai seama că nu ştii care este culoarea ochilor ei sau cu ce echipă de fotbal ţine el, ceva se rupe. E ca şi la început, atunci când te gândeşti doar la prima impresie, la fusta ei de catifea şi la parfumul lui de băiat tare. Lucrurile şi sufletele oamenilor sunt două părţi diferite. Dacă nu ştii, rămâi concentrat la haina de doi bani... e neclar şi absurd. Fiecare om îşi alege jumătatea pe măsura necesităţilor sale. Unii însă au uitat că necesităţile mai sunt şi reciproce. Şi atunci când ea cere o îngheţată de vanilie şi nu de ciocolată, nu înseamnă că te testează sau că vrea să vadă câți bani ai. Ea vrea să știe dacă ești atent la detalii.

Până la urmă, dragostea e atunci când vă asumați împreună dorința de a trăi în doi. Indiferent dacă faci acest lucru fiind pe o stradă din Paris sau la o intersecție din oricare alt oraș. Să trăiești: probabil nu unul pentru celălalt, probabil nici pentru a vă acoperi reciproc neajunsurile. Pur și simplu, să trăiești oferindu-vă unul altuia ceea ce nu ați fi putut avea niciodată singuri. Fără crize de isterie, fără teste de orice fel și mai ales, fără pretenții. Nu e bine să pretinzi ceva de la un om anumit. Mai ales libertatea. Dacă te îmbolnăvești de dragoste, lecuiește-te cu libertatea ta. Dar nu furând din libertatea celuilalt. Dimpotrivă, contează cel puțin să încerci să fii liber pentru celălalt. Dincolo de emoții și zâmbete crispate, oamenii au nevoie de dragoste. Să nu fim proști iubind numai cu ochii.

ÎN DRAGOSTE **NU TE CONSUMI.** ȘI NU ÎNCERCI SĂ ANALIZEZI AMĂNUNȚIT VARIANTELE POSIBILE ALE UNEI EVOLUȚII DE **RELAȚIE.** NU E BINE. **NU E BINE** CĂ ÎN LOC SĂ IUBEȘTI, ANALIZEZI. ȘI ÎN LOC SĂ TE ÎNTREBI **CE SIMȚI,** FACI SONDAJE. ÎȚI ÎNTREBI PRIETENII, AMICII, VECINII, TOATE RUDELE... ȘI, DE FAPT, **RĂSPUNSUL** ÎL ȘTII DOAR **TU.** TU, OMUL CARE A REUȘIT SĂ PLACĂ ALTUI OM, FĂRĂ SĂ TE SINCHISEȘTI DE RESTUL ȘI FĂRĂ SĂ FACI EFORTUL DE A ÎMBRĂCA **MĂȘTI.** ERAI **DOAR TU ȘI CELĂLAT.** ACUM EȘTI TU, EL ȘI **TOATĂ LUMEA.**

Mi-e dor te tine, să știi. De gura ta, de ochii tăi. De tine, rece și gol sau cald și tăcut. Mi-e dor de tine fericit. De tine tandru și puternic mi-e dor. Mi-e dor de cine păreai a fi când erai cu mine. Mi-e dor de liniștea și tăcerea ta. De chipul tău mi-e dor. Și nu mi-e dor că nu-ți era la fel. Mi-e dor de dragostea ta, dar și de a mea mi-e dor atât de mult. Mi-e dor să știu că mă aștepți acasă. Mi-e dor de o cafea amară. De-mbrățișarea ta, de-un „bună dimineața", de tot. Mi-e dor de mine când eram cu tine. Mi-e dor să știu cine din noi a renunțat primul. Într-o zi, când nu îmi va mai fi dor, voi ști. Atunci voi avea grijă la cine să renunț. Atunci voi avea grijă pe cine să iubesc.

Iubești nu pentru că vrei, dar pentru că așa se întâmplă. Renunți nu pentru că vrei, dar pentru că uneori așa trebuie. Fie că suferi după, fie că ești împlinit, o parte din tine nu va mai fi niciodată la fel. Întâlnești oameni pe care nu credeai că-i vei mai găsi vreodată. Te îndrăgostești de ei într-o zi friguroasă de iarnă. Iubești puternic. Te oferi cu tot sufletul unui om pe care-l crezi prezent și parte din viitor. Trăiești total, de parcă ar fi prima și ultima zi. Te dezamăgești. Trădezi, la rândul tău, niște speranțe. Te rănește sau rănești. Apoi suferi. Apoi renunți. După, totul e diferit. Vei fi fericită că ai scăpat. Sau vei suferi mai departe. Vei plânge după o iubire pe care nu o mai poți întoarce. Sau vei regreta că ai spus atât de ușor „nu". În toate cazurile, ai grijă. La ce renunți. Pe cine iubești.

Ai grijă la ce renunți. S-ar putea să renunți la propria fericire. Dar poate că nu. S-ar putea ca, renunțând la cineva, să nu mai găsești și o parte din tine. Uneori, cea mai îndrăgostită și fericită parte. Ai grijă pe cine lași. Să nu lași într-un moment de furie și să regreți apoi o viață. Să nu cedezi, crezând că așa e mai bine. Dar nici să oferi celui care nu merită. Ai grijă să nu renunți, odată cu un om, și la viitorul tău. La fericire și la încrederea în cineva. Ai grijă de oamenii care te iubesc la nebunie. Și de tine ai grijă, iubind într-o zi alți oameni.

Ai grijă pe cine iubești. S-ar putea să iubești pentru toată viața o umbră. Sau un gând fericit. Ai grijă cui îi încredințezi sufletul. Pe cine îl lași să treacă dincolo de limite. Cui îi povestești seara despre fricile tale și cu cine împarți fericirea. Ai grijă pe cine îl transformi în creator. Cine îți va controla motivele de împlinire. Ai grijă să nu iubești azi și să suferi mâine, știind că poți controla asta. Ai grijă de poftele și dorințele tale. De nopțile în care trăiești o nebunie și de zilele în care poți să urăști. Și de tine ai grijă, respingând într-o zi alți oameni.
Iubești nu pentru că vrei, dar pentru că așa se întâmplă.

AI GRIJĂ

LA CE RENUNȚI.

AI GRIJĂ

PE CINE IUBEȘTI.

Pentru că dragostea mi-a bătut la ușă într-o zi friguroasă de iarnă, am îndrăznit să iubesc. Am trăit un moment de fericire, am trădat apoi așteptările, am rănit o femeie și am lăsat-o înghețând la un colț de suflet. Și de pat. Am revenit îngenuncheat lângă poala ei, găsind doar un miros de parfum străin și doi ochi reci. Atunci mi-am dat seama că, de fapt, o iubeam.

O iubeam nu pentru că era frumoasă, dar pentru că a îndrăznit să caute frumosul în mine. Auzi, în mine, un urât pe viață. Când își trecea mâna prin părul meu, când mă numea omul ei, când mă lăsa să o iubesc fără prejudecăți, când îmi citea sufletul, când nu se temea să rămână alături de dracii mei. Când mă iubea.

O iubeam nu pentru că era diferită, dar pentru că m-a găsit diferit. Mi-a luat încet inima, bucată cu bucată, și-a încălzit-o. Putea în orice clipă să o facă scrum, dar a preferat să o asculte în fiecare seară când ne culcam sub lună. Când îmi spunea c-o să reușesc. Când mă alinta cu prezentul. Când mă cunoștea.

O iubeam nu pentru cum își scria viața, dar pentru cum mă ajuta să o scriu pe a mea. Cum lua din timpul și dragostea ei doar ca să-mi spună că voi fi iubit o viață. Cum transforma diminețile în motive, iar serile în dovezi. Cum îmi încuraja secundele. Când eram trist. Când eram furios. Când mă asculta.

O iubeam nu pentru că ea credea în mine, dar pentru că mă făcea să cred în ceea ce sunt. Când îmi venea să las totul unui timp pierdut. Când o alungam și mă strângea mai tare. Când mă regăseam într-un om puternic și sincer, datorită ei. Când mă înnebunea cu atingerile ei. Când mă dorea.
O iubeam când era femeie și când era copilă. O iubeam și încă o mai iubesc.

Uneori nu trăiești dragostea la timp. Nu pentru că nu ai vrea, dar pentru că nu ai cui să o împărtășești. Sau poate ai, însă omul de alături pleacă înainte să simți cum este să te oferi cuiva știind că e pentru totdeauna. Pur și simplu nu e reciproc. Oamenii te părăsesc exact când începi să te atașezi, să iubești nu aparențele, ci esența. Unii își permit să se despartă fără motiv, doar pentru că vor să încerce altceva, să simtă că mai pot fi buni de cucerit, să compare. Unii sunt indiferenți, făcându-te să vrei să pleci de lângă ei. Unii își dau seama apoi că doar alături de tine erau fericiți. Unii se întorc. Tocmai când începi să înveți să trăiești fără ei. Atunci se întorc și amintirile. Și vechea dragoste se întoarce. Doar că nimic nu mai e la fel.

Unii oameni se întorc în cel mai nepotrivit moment. Atunci însă totul e diferit. Tu ești în altă relație sau deja căsătorită, altcineva te ține de mână, ai o familie fericită cu copii sau pur și simplu îți vezi de viața ta. Unii oameni dacă pleacă, atunci pleacă pentru totdeauna din inima noastră. Rămân regrete, momente frumoase, dar nu rămâne cel pe care l-am iubit. El ne părăsește lumea odată ce dragostea e înlocuită cu indiferența. Cu lipsa de după.

Unii oameni își dau seama prea târziu ce au pierdut, prea târziu își cer iertare și prea târziu înțeleg că nu plăcerile de moment îți aduc relații de-o viață. Uneori iubești fără să gândești. Iubești pe cineva pentru ce este lângă tine și pentru ce ești alături de el. Atunci când pleacă, lasă un spațiu gol în urmă. Lasă un gust amar și regretul că totul putea fi altfel. Cu timpul însă lucrurile revin la normal. Ba mai mult, golul se umple cu dragostea altor oameni. Iar când acel om care odată era totul revine, îți dai seama că nu mai ai loc pentru el. Iar ce ai trăit odinioară s-a stins. Nu că așa ai vrut, dar pentru că astfel a vrut viața să te schimbe. Tu nu mai ești la fel. Nimic nu mai este la fel. Unii oameni se întorc în cel mai nepotrivit moment, atunci când trăiești deja cea mai potrivită dragoste.

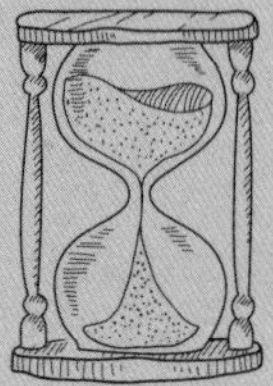

UNII OAMENI ÎȘI DAU SEAMA PREA TÂRZIU
CE AU PIERDUT, PREA TÂRZIU ÎȘI CER IERTARE
ȘI PREA TÂRZIU ÎNȚELEG CĂ NU PLĂCERILE
DE MOMENT ÎȚI ADUC RELAȚII DE-O VIAȚĂ.

Dezbracă-mă cu grijă, dragul meu. Nu, nu de haine. Lasă-le pe mai încolo, când mă vei fi cunoscut ca femeia ta și nu ca un om ce doar a trecut prin patul tău. Dezbracă-mi sufletul, să știu că vrei iubire și nu emoții de împrumut. Încearcă să mă cunoști, fă acest efort și caută dincolo de picioarele frumoase și sânii dezgoliți. Sunt femeie și vreau atenția, căldura, dragostea ta.

Dezbracă-mă de frici. Mi-e teamă de trecut, pe care sunt gata să-l împart cu tine. Mi-e teamă de viitor, pe care vreau și mai mult să îl trăiesc alături de sufletul tău. Mi-e teamă să nu fii la fel. Să nu rănești. Dă-mi liniștea diminețilIor tale și siguranța serilor trăite la pieptul tău. Dă-mi cuvintele tale sincere. Dă-mi încrederea că totul va fi bine.

Dezbracă-mă de tăcere. Fă-mă să-ți spun tot, să-ți cer sfaturi și umărul tău când mi-e greu. Fă-mă femeie cu poftă de viață, cum eram cândva. Fă-mă omul tău, căruia îi vei povesti seara cum a mers toată ziua. Pe care îl vei încuraja să spună ce-l doare, oricât de greu i-ar fi. Pe care îl vei face într-o zi să-ți dea inima, cu tot cu bătăi. Dă-mi energia diminețiIor în care ne vom bate cu pernele. Și nebunia orelor de după miezul nopții. Și puterea de a putea zâmbi în tăcere, la brațul tău. Dă-mi un sincer te iubesc.

Dezbracă-mă de refuzuri. Fă-mă să nu mai spun nu. Să vreau să-mi deschid lumea plină de fluturi multicolori. Și plină de planuri, de visuri alături de cineva. Fii acel cineva. Dezbracă-mă de remușcări. De regrete. De nopți nedormite și lacrimi ce s-au uscat. Te voi iubi atunci, cum numai eu știu și șoaptele mele îți vor fi ca pernă. Dă-mi un sărut să știu că mi-e bine de la el. Dă-mi liniștea și tăcerea ta, să le transform în zâmbet. Dă-mi fericirea unei vieți trăite simplu, însă cu gust. Nu-ți cer mașină, case mari sau bogăție. Dă-mi dragoste. Și dezbracă-mă cu grijă.

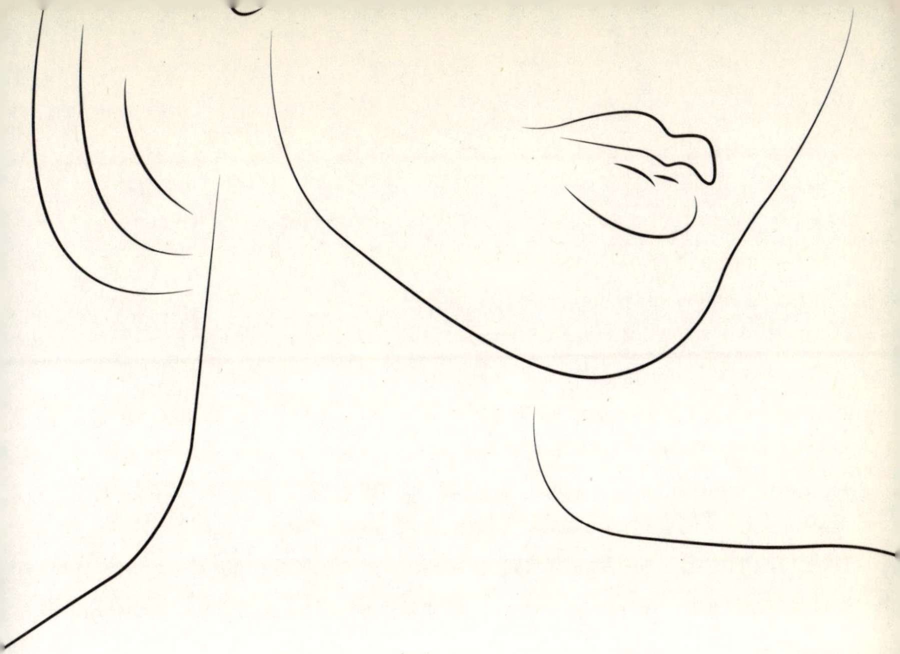

DEZBRACĂ-MĂ
CU GRIJĂ.
ÎNTÂI SUFLETUL,
DRAGUL MEU,
APOI HAINELE.

ÎMPLINIREA

Era vremea când parfumul ei îmi lua minţile şi de fiecare dată când o ştiam aproape mă gândeam că nu mai rezist. Că pur şi simplu o voi prinde de mână şi-n câteva clipe îi voi spune tot ce simt pentru ea. Apoi o voi iubi mult. Acum ambii râdem de acel moment. Eu o iubesc şi ea mă iubeşte. Şi avem grijă unul de celălalt. Uneori ne certăm. Uneori facem dragoste ca în vis. Apoi ne împăcăm frumos. „Sfidezi legile dragostei", îmi spune ea de fiecare dată când o surprind. „Noi le avem pe ale noastre", îi răspund şi continui să o iubesc. De multe ori mă provoacă să-i transmit un gând erotic. Să-i pun întrebări cu răspunsuri bine definite fiecăruia având un sens în spate. Unul despre săruturi. Unul despre sfârcurile ei moi. Unul despre ea.

Ţi-am sărutat sânii moi atunci când mi-ai spus cu voce tremurândă: da. Şi deşi a durat doar câteva clipe, frânturi de necunoscut, a însemnat mult mai mult: confirmai că pentru tine e un nou început. De aceea, poate, am continuat. Tu, cea mai rebelă fiinţă, te-ai simţit femeie din clipa în care ai început să mă iubeşti. Pentru că ai început să iubeşti jumătatea drumului între ochi, mâini şi nebunie. Şi pentru mine a fost suficient.

Nici acum nu ştiu motivul, dar de fiecare dată când

facem dragoste, ne împăcăm. Ne golim de toate prostiile pe care ți le-am spus. De toate femeile cărora le-am zîmbit. De toate amintirile pe care le-ai trăit. Atunci, nu mă pierd în oboseala unui amor nebun, dar îți cuprind colțul gurii cu buzele. Ca să știi că acel zâmbet niciodată nu a fost sincer. Iar eu numai așa îți pot zâmbi. Cât despre alte femei... am înțeles că dacă nu ești geloasă, nu ești femeie. Am înțeles că dacă nu îți dau motive să fii geloasă, nu sunt bărbat. Așa că despre bărbăție n-am să-ți vorbesc niciodată. Tu știi, nu m-am încumetat să uit că într-o zi anume am împlinit șapte luni de relație. Poate și din motivul ăsta nu m-a speriat gândul că-mi vei spune odată: „Nu mă mai iubești?" Totul a început simplu. Și a continuat simplu, dar frumos. Atunci când am decis să te văd în fiecare dimineață în dreapta mea, cu capul rezemat de pernă.

Vrei să arăți frumoasă în ochii mei. Ți-ai dat seama că goliciunea ta e cea mai nevinovată frumusețe ce-ți aparține. Și chiar de mă iubești, știu că ai nevoie de motive să te îndrăgostești de mine. Chiar dacă dragostea e oarbă, știu că ochi mei trebuie să privească în ochii tăi. Și că dincolo de nasturii de la cămașă tot pe tine o să te văd. Deși mereu sunt motive să pui întrebări, să arăți reproșuri, pe care le acopăr cu săruturi de catifea. Și când dispar toate întrebările de pe pământ, rămâne una care nu are nevoie de răspuns, dar care te face să tresari uneori, sorbindu-ți cafeaua: de ce eu? Pentru că tu, femeie, mi-ai intrat în corp, în sânge, în minte? Pentru că mereu cauți să fii iubită, dorită, înțeleasă, cunoscută, alintată, sărutată? Pentru că eu îmi doresc toate astea? Pentru că fără tine simt că nu pot?
Pentru că da!

NICI ACUM NU ŞTIU MOTIVUL,
DAR DE FIECARE DATĂ
CÂND FACEM DRAGOSTE,
NE ÎMPĂCĂM.

Într-o zi, lăsând orgoliul, trecutul și toate amintirile deoparte, vei trăi viața ta. Vei risca să uiți totul. Te vor judeca alții că nu e corect și tu vei spune că încă mai simți, că încă îți mai dorești ceea ce-a fost. Vei ști însă că doar așa poți să trăiești viața ta și nu pe a lor. Că dragostea se simte în doi și că ai vrea să vină o zi în care să nu-ți pese de nimeni în afară de tine. Iar dacă îți va păsa de tine, vei putea iubi cu adevărat, fără să schimonosești un sentiment de dragul cuiva. Într-o zi, lăsându-i pe unii în urmă, îi vei putea găsi pe alții înaintea ta. Sau alături. Pe omul tău.

Într-o zi vei risca. Vei începe să iubești din nou și-ți vei da seama cât de plăcut e. Cât de cald e să știi că cineva se gândește la tine, fără a-ți cere ceva în schimb. Într-o zi, vei uita ce zi este, pentru că fiecare clipă va fi o minune. Vei pune capul la pieptul lui și nimic nu va mai conta. Vei ști că tot ce ți se întâmplă e real, pentru că va fi prima dată după mulți ani când vei dori să păstrezi ce ai. Să iubești, să oferi, să fii liberă alături de cineva. Să-ți pese din nou și, de data asta, de cine trebuie. Într-o zi, vei ști că toată emoția asta e reciprocă și fericirea va fi cu atât mai senină. Într-o zi, vei iubi și vei fi iubită.

Într-o zi, când nu-ți vei mai bate joc de tine. Când vei înțelege că hainele, banii și toate lucrurile astea de umplutură nu au valoare dacă nu ai cu cine să le împarți, că ai prefera un om gol, fără haine decât gol la suflet, că meriți mai mult, dar și tu trebuie să oferi mai mult, că fericirea se împarte la doi. Dar înainte de a fi fericită trebuie să uiți trecutul, să renunți la omul slab din tine. Într-o zi, nu îți vei mai plânge de milă și nici nu vei privi cu invidie la cuplurile fericite din jur. Pentru că vei risca să fii din nou fericită. Pentru că vei iubi.

ÎNTR-O ZI, CÂND NU-ȚI VEI MAI BATE JOC DE TINE...
CÂND **VEI ÎNȚELEGE** CĂ HAINELE, BANII ȘI TOATE
LUCRURILE ASTEA DE UMPLUTURĂ **NU AU VALOARE**
DACĂ NU AI CU CINE SĂ LE ÎMPARȚI. CĂ AI PREFERA
UN OM GOL, FĂRĂ HAINE DECÂT **GOL LA SUFLET.**
CĂ **MERIȚI MAI MULT,** DAR ȘI TU TREBUIE SĂ OFERI
MAI MULT. CĂ **FERICIREA** SE ÎMPARTE LA DOI, DAR
ÎNAINTE DE A FI FERICITĂ TREBUIE SĂ UIȚI **TRECUTUL,**
SĂ RENUNȚI LA OMUL SLAB DIN TINE. ÎN ACEA ZI NU
ÎȚI VEI MAI **PLÂNGE DE MILĂ** ȘI NICI NU VEI PRIVI CU
INVIDIE LA CUPLURILE FERICITE DIN JUR.
PENTRU CĂ VEI RISCA SĂ FII DIN NOU **FERICITĂ.**
PENTRU CĂ VEI IUBI.

Iubito, miroși a flori de dragoste. Și-un pic a răsărit de soare. Doar că acum e seară și ne iubim. Te-am îmbătat cu un sărut pe gât și două mâini te-au întrebat cât mai reziști. Ești un păcat binevenit și aș jura că azi îți șade mai bine decât ieri în cămașa mea. Pentru că are cu un nasture mai mult descheiat. Și e mai mototolită de la guler în jos. Azi ne vom cânta de buze, de ochi, de coapse moi. Azi o să uiți repede ce zi este și eu o să uit împreună cu tine. O să uit? Mă-ntrec cu lumina să-ți admirăm un sân dezgolit. Și două buze ce ți le muști cu sete. O fac mai mică și-apoi o sting. Iubito, îmi era dor.

De pofta ta nebună și de dor, dragostea ți-a lăsat cearcăne sub ochi. Și riduri pe față ți-a lăsat, de parcă ar ști ce mult aș vrea să o ating. Ți le strâng pe toate în palme și-ți spun că mi-ai lipsit. Te ating, te admir, te ador, te iubesc. Azi ne facem de cap, ca doi copii trecuți de testul primei înfrângeri. Suntem tu și eu, și-un pat, și-o lume toată. Voiam să număr picăturile de apă găsite pe corpul tău suspinând de plăcere. După primele sute m-am lăsat păgubaș. N-am lăsat însă urma ce cobora pe pielea ta. Nici poftele tale nu le-am lăsat. S-au unit toate într-un răspuns.

Azi nu voiam cafea amară. Voiam miere, voiam dulceață. Nu am găsit, dar te-am găsit pe tine. Iubito, miroși a flori de dragoste. Și-un pic a răsărit de soare. Cât să trăim mângâiați de plăcerea unui moment.

Să fii cu cineva și să spui că îl iubești nu este o dovadă de dragoste. Să trăiești ani buni alături de un om și să spui că îl iubești nu este o dovadă de dragoste. Relațiile de durată nu se țin pe cuvinte. Dragostea durează în timp și tot în timp își demonstrează puterea. Bărbații care cred că o floare și două cuvinte legate la repezeală vor rezolva o ceartă, greșesc. La fel și femeile care vor lua tăcerea drept soluție, greșesc și ele. Doi oameni care ajung să se căsătorească și cred că din acel moment vor fi trup și suflet, vor fi puși în fața unor dileme și vor trece peste suficiente încercări până să simtă asta cu adevărat. În tot acest timp ei vor avea copii, zeci de certuri și zeci de momente în care își vor găsi liniștea unul lângă celălalt, dar niciunul dintre ei nu va renunța și asta va face diferența.

Mulți iau declarațiile de moment drept demonstrații de dragoste. Mulți cred că dacă omul de alături a spus da, atunci e pentru totdeauna. Mulți cedează la prima bătaie de vânt și cu asta pun capăt unei relații care ar fi putut dura o viață. Cei care au suferit, au lăsat sau au fost lăsați înțeleg cel mai bine asta. Trebuie să trăiești un moment de tristețe ca să îți dorești cu adevărat fericirea și trebuie să îți dorești să meargă relația în care ești dacă vrei să vezi alături și peste douăzeci de ani omul drag. Totul se leagă în dragoste. Femeile care vor aștepta mană cerească, vor privi mereu în singurătate cerul înstelat. Bărbații, care vor lipsi de acasă în momente care contează, vor trăi apoi singuri în acea casă. Nu e poveste, nu e o idee radicală, e ceea ce trăiesc oamenii zi de zi și e motivul pentru care unele căsnicii durează o viață, iar altele nu. E ceea ce contează: să vrei ca vorbele tale să devină fapte și visurile tale să ajungă realitate și atunci să ții strâns în mâini fericirea ta.

Să fii cu cineva de-a lungul timpului nu e dovadă de dragoste. Dovadă e ceea ce faci în tot acest timp. Dovadă e ceea ce ești, ce faci, ce spui şi cum reacționezi atunci când e nevoie. Nu te căsătorești pentru ziua respectivă, ci pentru toate zilele ce vor urma. Prima zi va fi fericită, pentru restul, va trebui să construiești ca să ai fericirea. Nu e vorba de a ieși cu o femeie și a petrece cu ea câteva ore pe zi. E vorba de a avea alături o femeie zile și nopți întregi, a asculta vocea ei, a răbda capriciile ei, a cunoaște fericirea ei, a ști dorințele ei. E despre a vrea asta. Cei care zic că totul este reciproc au dreptate, sigur că totul e reciproc. Asta o vor demonstra și timpul, și atitudinea, și dorințele noastre. Să fii cu cineva în timp nu e dovadă de dragoste. Dar să transformi acest timp în zile și ani frumoși petrecuți împreună, e cea mai sinceră dovadă. Iubiți cu responsabilitate.

FEMEIA NU SE CERE

ÎN CĂSĂTORIE DOAR O DATĂ.

FEMEIA SE CERE ÎN CĂSĂTORIE

CEL PUȚIN O DATĂ PE AN.

Îmi amintești de toate cuvintele pe care le-am spus, trecute prin inimă. De toate femeile cărora le-am zâmbit. De oamenii pe care i-am iubit, fie și pentru scurt timp. Iar dincolo de ei, de amintiri, de șoapte uitate sub felinare, ești tu...

Frumos, nu-i așa? Trăiești uneori din amintiri și asta îți ocupă mai tot timpul. Creezi din oamenii din trecut un etalon de-o viață și-i lași pe cei din prezent să lupte pentru niște idealuri care nu sunt ale lor. Ne pornim să căutăm locul nostru unde să trăim o viață. Îl găsim, încercăm să adăugăm de fiecare dată frumusețe și culoare. Însă dacă plecăm, la întoarcere îl găsim schimbat. Deja nu mai e al nostru. De asta, oriunde ne-am afla, contează să trecem peste toate și să păstrăm în noi un colț de lume fericit. Să păstrăm omul lângă care ne simțim acasă. Nu spunem asta pentru că ne este dor și nici pentru că ne este drag cineva care nu mai e alături, dar pentru că ne temem de clipa în care prezentul va deveni trecut, iar trecutul ne va bântui alt prezent. Poate pentru asta și există amintirile.

Oamenii sunt proști în dragoste! Caută o viață întreagă bărbatul ideal sau femeia ideală. Dacă nu-l găsesc, încearcă să îl modeleze, să sape în suflet, să sculpteze un corp care de mult a devenit străin. Dragostea înseamnă, de fapt, să găsești în celălalt motive pentru a fi tu mai bun. Dragostea e o completare și o dezvoltare continuă. Așa că nu trebuie să ne fie frică de întrebări îndrăznețe, pentru că astfel nu ne va fi teamă să dăm răspunsuri pe măsură. Cine suntem noi ca să trăim împotriva legilor? Cine sunt ei ca să facă legile?

Iar legile le facem ca să trăim pe măsura a ceea ce am creat. Doar că la 70 de ani nu iei cu tine bani sau case. Și nici mirosul unui restaurant luxos. Ceea ce rămâne în timp sunt amintirile. Nebunia unor amintiri frumoase, purtate pe bancheta din spate a unei motociclete sau culese din magia unei nopţi de dragoste sub un cer plin cu stele. Amintiri de care să nu îţi fie jenă și nici teamă. Amintiri care se citesc cumva într-o poză strânsă la piept. Și chiar dacă la bătrâneţe uiţi cine este omul din fotografie, în suflet vei simţi mereu că acel om a fost totul pentru tine. Pentru că el este cea mai frumoasă amintire.

Oamenii sunt proști în dragoste!
Caută o viață întreagă *bărbatul* ideal sau *femeia* ideală. Dacă nu-l găsesc, încearcă să îl modeleze, să sape în *suflet*, să sculpteze un corp care de mult a devenit *străin*. Dragostea înseamnă de fapt să găsești în celălalt motive pentru a fi tu *mai bun*. *Dragostea* e o completare și o dezvoltare continuă.

Unii vor să reinventeze dragostea din mers, alții o au în sânge, gata să explodeze în momentul pe care îl consideră oportun. Oportună poate fi orice secundă. Adevărul devine frumos. Adevărul este întodeauna frumos, dacă îl creezi în doi. Și ajungi în momentul în care știi că dacă minți, te minți pe tine. Împreună timpul va trece vertiginos și fiecare secundă va lumina în întuneric. Veți ști ambii că ați ajuns în clipa când nu mai aveți nevoie să programați ora la care să fiți fericiți. Dacă ții cont, e bine. Dacă nu, ajungi să numeri zilele.
Dar nu pentru că n-ai iubi, dar pentru că ai impresia că te omoară timpul și totul devine monoton. O crezi? Te crede? Voi numărați mai departe zilele. E partea în care dragostea se depozitează undeva în inimă după trei, cinci sau zece ani.

Iubirea nu e făcută să testeze, ci să unească. Iar dacă recunoști acest lucru, restul nu e decât confirmare a ceea ce deja știți. El nu va înceta să îți spună că ești frumoasă, pentru că te va iubi așa cum ești și va ști că nimeni pe lumea asta nu este perfect, iar cicatricile de pe burtă sunt rezultatul fericirii voastre comune: copiii. El va ieși cu tine în oraș și n-o să-i pese de ce zic alții. Te va săruta indiferent dacă vei avea buzele roșii sau șterse în timp, pentru el tot dulci vor rămâne.

DRAGOSTEA RĂMÂNE,
DRAGOSTEA EXISTĂ.
DRAGOSTEA NU MOARE DUPĂ TREI ANI,
EA SE REINVENTEAZĂ ÎN TIMP.
DRAGOSTEA **DUREAZĂ** ATÂTA TIMP
CÂT VOI DORIȚI.
ȘI CÂND TE GÂNDEȘTI CĂ TOTUL A ÎNCEPUT
CU **UN SĂRUT,** CONTINUĂ CU **O RELAȚIE**
MATURĂ ȘI FRUMOASĂ ÎN TIMP ȘI SE VA
SFÂRȘI CU **O CASĂ** ÎN CARE VEȚI STRÂNGE
JUCĂRIILE COPIILOR.
EA DUREAZĂ TREI ANI SAU CINCI, SAU ZECE.
ȘI-O ZI. O ZI ÎN CARE ÎNȚELEGI CĂ **IUBIREA TA**
PENTRU EA ESTE **VEȘNICĂ.**

E atât de simplu să iubești. Poate pentru că asta ne face să trăim frumos. Poate pentru că iubirea nu este o alegere, ci o necesitate a regăsirii noastre în alt om. Oamenii se îndrăgostesc din nimic și tot ei sunt martori cum acest nimic devine totul. Iubirea nu poţi să o condamni și nici să o refuzi. Nu ţi-a bătut nimeni la ușă să te întrebe de vrei să iubești pe cineva. Mulţi ţi-au zis că erai nebun când alergai prin oraș după un buchet de flori pentru ea... Tu ţi-ai spus că pur și simplu că iubești.

Dragostea pe jumătate este o nebunie. O iubire de-o viață va avea în spate amintirea unor nopți pe plajă, a unui sărut în ploaie lângă semafor sau plăcerea unei îmbrățișări pe capota unei mașini. Dragostea poartă amprenta unei nebunii trăite de ambii, când farmecul unei femei devine inspirație pentru bărbat. Dacă o iubești ca un nebun, ea va deveni o nebunie. Ea va fi cea mai bună alegere a ta. Iar lângă cele mai bune alegeri îţi vei dori întotdeauna să rămâi.

Cele mai frumoase momente le petreci în doi. Cele mai bune vinuri se beau în doi. Cele mai deosebite amintiri le trăiești tot în doi. Lucrurile gândite în doi dau o valoare aparte vieții. Și s-ar părea că timpul trece rapid. Și că fiecare moment este taxat în felul său. Însă atunci când, după ce trăiești o viață de om, privești alături și acolo e femeia pe care ai iubit-o tot acest timp, înțelegi că merită și secole de așteptare. Merită părul ei cărunt ce-ți șade cuminte pe umăr. Și mâinile tale ce vor ține strâns mâinile ei, exact ca-n prima zi. Înțelegi că greutățile de peste ani v-au făcut mai puternici, iar bucuriile v-au dat de înțeles că se poate. Că acum, ca și atunci, ai vrea să îi spui ceva și știi că nu ai schimba un cuvânt.

Vreau să fiu eroul tău bun.
Vreau să fiu omul tău, care să te apere de frici și de griji.
De la păianjenul din bucătărie până la momentele dificile din viață.
Vreau să fiu bărbatul tău puternic, omul tău.
Vreau să fiu acolo, în rugăciunile tale, știind că tu vei fi în ale mele.
Să știu că dorințele ascunse au lângă tine un răspuns.

Vreau să împărțim în doi un viitor, pentru că ne-am acceptat trecutul.
Pentru că avem un prezent în care suntem fericiți.
Vreau să te am, să provoc femeia și doamna din tine.
Să știm că nu am dat greș din ziua în care ne-am luat de mână.
Vreau să te țin de mână când vei spune singurul „da" pe toată viața și în fiecare clipă după acest „da" vreau să te țin.
Vreau să vin la tine când ți-e bine și când nu.
Vreau să fii a mea, să ne punem toate fericirile într-o casă în care peste ani se vor auzi râsete de copii.
Vreau să fii mama copiilor mei.
Doamna mea.
Femeia mea.
Te iubesc!

ATUNCI CÂND, DUPĂ CE **TRĂIEȘTI** O VIAȚĂ, **PRIVEȘTI** ALĂTURI ȘI ACOLO E **FEMEIA** PE CARE **AI IUBIT-O** ÎN TOT ACEST RĂSTIMP, ÎNȚELEGI CĂ **MERITĂ** ȘI SECOLE DE AȘTEPTARE. MERITĂ PĂRUL EI CĂRUNT CE-ȚI ȘADE **CUMINTE** PE UMĂR. ȘI **MÂINILE TALE** CE VOR ȚINE STRÂNS **MÂINILE EI,** EXACT CA-N PRIMA ZI. **ÎNȚELEGI** CĂ GREUTĂȚILE DE PESTE ANI V-AU FĂCUT **MAI PUTERNICI,** IAR **BUCURIILE** V-AU DAT DE ÎNȚELES CĂ **SE POATE.** CĂ **ACUM,** CA ȘI ATUNCI, AI VREA SĂ ÎI SPUI CEVA ȘI ȘTII CĂ NU AI SCHIMBA **NICIUN CUVÂNT.**

VITALI CIPILEAGA

În umbra pașilor tăi

Romanul poate fi comandat online pe

www.bestseller.md | www.libris.ro | www.elefant.ro

Lumea lui Theodor se prăbușește în momentul în care o pierde pe Paula într-un accident rutier. De aici încolo totul își pierde orice rost. Lasă cariera în advertising, se mută cu traiul și începe o nouă viață. Însă fără Paula aceasta e o suferință continuă.

Într-o căutare interioară profundă, Theodor învață să nu mai gândească doar la timpul trecut și acceptă noile provocări ale vieții. Însă ce va face atunci când noile realități se contopesc prea mult cu trecutul său? Iar gândurile și amintirile sunt tulburate de un șir nesfârșit de întâmplări?

Un roman psihologic despre pierderi, secrete și căutări.
O poveste care te strânge puternic la piept, amintindu-ți
încă o dată de adevărata putere a dragostei.

eBook

Scanează codul pentru a descărca „De vorbă cu Emma" în format eBook pe smartphone sau tabletă.

Audiobook

Scanează codul pentru a audia sau descărca „De vorbă cu Emma" în format Audiobook pe smartphone sau tabletă.

Pentru a scana un QR Code, este necesar să instalați o aplicație:

- iPhone sau iPad: Instalați aplicația *QR Code Reader by Scan*.
- Smartphone sau tabletă Android: Instalați aplicația *Google Googles*.
- Smartphone sau tabletă Windows: Instalați aplicația *QR Code Reader*.